講談社文庫

千葉千波の怪奇日記

化けて出る

高田崇史

講談社

contents

千葉千波の怪奇日記・
美術室の怪

油絵が笑う

1

野球に何の興味もない人もいるだろうけど、ちょっとだけ聞いて欲しい。

ぼくがまだ生まれていない頃の話なんだ。読売ジャイアンツには、長嶋茂雄《ながしましげお》と並ぶかそれ以上の才能を持っていた選手が一人いたんだ。その人の名前は、土屋正孝《つちやまさたか》っていう。もちろんぼくは顔を見たこともないし、周りの大人たちに尋ねても「誰、その人？」って怪訝《けげん》な顔をするだけだ。

その人の守備は芸術的、打撃は職人芸と言われていた。そして何より驚いてしまうのは、その人はプロ野球選手になるか、それとも東大に進学するかってことで物凄《ものすご》く悩んだらしい。本当にビックリしちゃう話だ。

結局その人はジャイアンツに入って、セカンドのポジションを獲得した。

またちょうどその頃、立教大学から長嶋が入団して、ジャイアンツは――というより、スポーツ関係のマスコミはお祭り騒ぎになっていたらしい。何しろ、川上《かわかみ》、土屋、広岡《ひろおか》、長嶋っていう「大型内野陣」あるいは「百万ドル内野陣」が出来上がったからだ。これは、よく知らないぼくが聞いても、凄い布陣だと思うよ。

ところがこの頃から、土屋選手には影が差し始める。というのも、彼は本当に天才だったために、打席に立っているバッターが振ったバットに球が当たったその瞬間に、それは自分に捕《と》れる打球かどうかが判断できてしまったっていうんだよ。だから一・二塁間やセンター返しの打球なんかでも、絶対に追いつけないと分かれば、その場所から一歩も動かずに見送ったらしい。必死に追って体力を消耗しても、そんなことは全くの無駄だというわけだ。

一方、三塁手の長嶋は、絶対に無理——誰が見ても届かないと思える三塁線のゴロや、三遊間のライナーにも飛びついていった。もちろん、捕れやしない。でも体ごと飛びついた。

しかし土屋は、相変わらずそんなことはしなかった。そしてそれを、水原《みずはら》監督やコーチに指摘されると、最初から捕れないと分かっている打球を何故《なぜ》追わなくてはならないのかって答えたという。確かにこれは、理論的に全く反論できない答えだね。無駄に体力を消耗するよりも、次回の自分の打席に力を蓄えておく方が賢明なやり方だという哲学を持っていたんだろう。

でも結局——誰もが知っているように——長嶋はスターになり、土屋選手はいつの間にかジャイアンツから姿を消してしまった。

ぼくは思うんだけど、この二人の差っていうのは、とどのつまり「捕れそうもないボールに、飛びつくか飛びつかないか」という点にあったと思うんだ。そして、グラウンドに立っている以上は、飛びつくのがプロだったんじゃないか。頭の中でダメだと分かっていても、とにかくチャレンジしなくちゃいけない。

それと同時に、その結果に関して、周りの人たちは何だかんだと言ってはいけないし、たとえそれが——大方の予想どおり——失敗であっても、当人も言い訳しないっていうのが本当に男らしい生き方なんじゃないかってさ。

「しかし——」慎之介《しんのすけ》が言った。「それがすでに言い訳だろうが。それに、俺《おれ》たちは受験や浪人のプロじゃない」

饗庭《あいば》慎之介。

ぼくの高校の同級生で、父親は警視庁捜査一課の刑事。そんな関係からこの男の知人には、関東麻薬取締官の苺谷鉄蔵《いちごたにてつぞう》さんなんて変人もいる。

しかし何より変わっているのは本人の慎之介で、高校で剣道をやっていたということがあるにしても、まるで幕末の志士みたいに、肩までの黒髪を頭の後ろで結《ゆ》わえて春風になびかせている。

「でもぼくは、センター試験当日には酷《ひど》い風邪をひいてしまって鼻水が止まらなかったし、お腹の調子も悪かったたし、虫歯も痛かったから、もちろん寝不足だった」

「それならば、試験中に鼻水をずるずるされていた八丁堀《はっちょうぼり》の隣の席の受験生の方が、よっぽど可哀想《かわいそう》な気がするぞ」

「そんなことはないよ！　五、六回しか嫌《いや》な顔をされなかったたしね。とにかくぼくは、そんな劣悪な体調であったにも拘《かか》わらず、全力でチャレンジした。おそらく本来の実力の二十パーセントくらいしか出ていなかったと思う」

「いや、試験終了後、八丁堀は雪の中をウキウキと、妹と二人で映画を観《み》に行ったという情報を得ている。実は元気だった証拠だ」

慎之介も言い返してきたが、ここで一言説明を付け加えさせてもらえれば、ぼくの名前は「八丁堀」ではない。これは、ぼくが住んでいるとても素敵な街の名前だ。最近は、大きなビルがどんどん建っちゃって一見大都会のように見えるけど、それでも、ちょっと一本裏道に入れば、とても人情に篤《あつ》い街なんだ。

それはそうとして、じゃあぼくの本名は何なんだと尋ねられても、まあそれは話の本筋には全く関係のないことだし、別に何だっていいんじゃないか。

慎之介の話に戻ろう。

大体この男は、服装からして酷い。草萌える春だというのに、黒いシャツに黒いジャケット、黒いパンツに黒いスニーカーという、まるでこの世の闇と不幸と暗翳《あんえい》を一身に背負っているような趣味なんだよ。しかも身長が高くて顔もでかいから、他人よりも空間占有率《くうかんせんゆうりつ》が高い。だから、ある程度の距離を置いておかないと吸い込まれてしまいそうな、ブラックホールのような人間なんだ。そして、奴のこの服装変態趣味はずっと昔からで、こうして大学生になった今でも、全く変わっていないんだよ。いつまで経っても成長しない、マックロクロスケみたいなもんだ。

「何を一人でぶつぶつ言ってるんだ？　八丁堀こそ、何の進歩も見られていないじゃないか。服装の趣味も相変わらず悪い。もう世間は心地良い春なのに、まるで場末の酒場の鄙《ひな》びたクリスマスツリーのようなファッションだ」

大きなお世話だ。

しかしそれにしても――、と慎之介は大きく首を捻《ひね》った。

「俺が八丁堀と同じ大学に通うなんて、この世には全く不可思議な出来事が起こるもんだな。ひょっとしたら、本当にお化けや幽霊《ゆうれい》が、ここらへんを闊歩《かつぽ》しているかも知れない」

それはぼくの言葉だよ。

ぼくらは、余人《よじん》には想像もつかないほど厳しく長く辛《つら》い塗炭《とたん》の苦しみを経験して、こうやって晴れて大学生になった。しかし、その同じ大学にどうして慎之介がいるのか、これは摩訶《まか》不思議な出来事だったね。何しろぼくに比較して、奴は殆《ほとん》ど勉強なんてしていなかったんだから。ほぼ毎日、予備校の授業をサボって、ビリヤード場に入り浸っていたんだ。いくら試験当日のぼくの体調が、近年希《まれ》に見る劣悪な状態だったからといって、まさか慎之介と同じ大学に通うことになるなんて微塵《みじん》も思っていなかった。特に去年一年は、代々木《よよぎ》にある予備校に一緒に通っていたから、こいつの実力は手に取るように分かっている。それが今は二人揃《そろ》って、この「国際江戸川大学《こくさいえどがわだいがく》」に通っている。

ちなみにこの大学は、とっても素敵なポリシーを持った大学なんだよ。何しろスローガンが「江戸川から世界へ若い人材を！」という素晴らしいものなんだから。

「しかし」と慎之介はぼくを見た。「浪人時代の八丁堀と俺では、偏差値が三十は違った。もちろん俺の方が上だが。それなのに同じ大学とは、この大学はそれほどまでに懐《ふところ》が深いのか？」

「国際大学だからね」

ぼくが言うと、

「なるほど……」と慎之介は自分の顎《あご》をつまむ。「確かに俺は『国際学部』だから
な、八丁堀とは違ってエリートだ」

「でも『ネパール学科』だろうが」

「おっ。ネパールをバカにしているのか？　きみは何も分かっていないようだね、ワトスンくん」

誰がワトスンくんだ。

「いいか、八丁堀。我々日本人のルーツは、ネパールだ。日本人のカレー好きや餃子《ギョーザ》好きや祭好きも、全てそこから来ているんだ。何世代も前からＤＮＡに刷り込まれてるんだよ。その証拠に、ネパール人の顔を見ても、殆ど我々と変わらないだろうが。うちの学部の、プラビン・プラダン教授など、八丁堀より日本人顔しているぞ」

「嘘《うそ》をつけ」

「残念ながら紛《まぎ》れもない事実だ。第一、先生の話す日本語は、少なくとも八丁堀より流暢《りゅうちょう》だしな。そんなことよりも何だ、八丁堀の学部は」

「こっちこそエリートだよ！　文学部大江戸《おおえど》研究学科だからね」

「どうして国際大学で、そんなべたべたな日本の学部が存在しているのか、そちらの方が謎だな。この間も先輩に訊《き》いてみたら、国際江戸川大学の七不思議の一つと言っていたぞ」

バカなことを言う。するとその時、

「慎之介くーん！」

と女の子が二人、目をキラキラさせてぼくらに向かって小走りにやって来た。

入学式が終わり、出会ってまだ一週間だというのに臆面もなく大声で叫んだのは、色白で小太りの子で、まさに転がるように走って来た。そしてもう一人は眼鏡《めがね》をかけた、背のスラリとした子で、肩まで届く髪の毛が春風にサラサラと揺れている。二人とも、慎之介と同じ国際学部の新入生なんだ。

「用事がなければ一緒に帰ろうよ、慎之介くん」小太りの明石焼《あかしや》きみたいな顔をした子が言う。「あら、また彼がいる」

そう言ってぼくを見た。

「階段落《かいだんお》ちくん」

「だから」ぼくは言い返す。「その呼び方は止《や》めてってば」

「いいじゃないの」

「良くない」

「仕方ないだろう」慎之介が、テストの一教科目からいきなり赤点を取ってしまった人間を見るような目でぼくを見た。「これは誰が悪いわけでもない。八丁堀自身が悪いんだからな」

　いや、確かにそう言われてしまうとちょっと辛《つら》いものがある……。

　というのも、ぼくは入学式の当日、式典が終わった講堂から教室へ移動する際に一瞬目の前が真っ白になったような気がして、階段を一段踏み外してしまい、三階から踊り場を通り越して、二階まで一気に十七段も転がり落ちてしまったからだ。前日、小学生の妹とちょっと遊びすぎて寝不足だったんだけれど、そのおかげで同級生も三、四人巻き込んで階段落ちをしてしまった。骨折しなかったのが幸運だったくらいだ。でも翌日は、湿布と絆創膏で、肌の露出が殆ど無くなってしまった。

　しかしこれは、あの入学式での意味もなく延々と聞かされる話のせいでもあったんだよ。眠くて眠くてさ。一体誰のための訓辞なんだって思う。確実に誰一人として聞いちゃいないんだからね。そんなに喋《しゃべ》りたいなら、江戸川の土手にでも行って朝から晩まで一人で喋っていれば良いんじゃないか。どうしても聴衆が必要だっていうんなら、ポニーランドまで足を延ばせばポニーがたくさんいる。でも、これこそ本当に馬《ば》耳《じ》東風《とうふう》ってやつになっちゃうかも知れないけどね。

「階段落ちくんも、一緒に帰る？」

「え？　い、いや、別にいいよ。きみらだけで帰れば」

「またあ。すぐにそうやって、私を慎之介くんと二人っきりにしようとするう」

二人っきりもなにも、もう一人友だちがいるじゃないか。

このわけの分からない小太りの子は、奈良古都里《ならことり》ちゃんといって、名前も見た目もとても愛らしい女の子なんだよ、但し――丸いモノが嫌いでないならば。でも彼女の口癖は「ぶっとばす」だとか「吊《つる》す」とかいう穏便《おんびん》じゃないものなんだ。これはどうかと思うよ。

そしてもう一人のスラリとした子は、水無月海月《みなづきみづき》ちゃんという女の子で、ちょっと前歯が出てるんだけど、もともと美人系の顔立ちだから、それも見ようによっては可《か》愛《わい》らしい。性格も、古都里ちゃんとは対照的でおっとりとしている。

というより、親もおっとりしていたらしくて、「水母《くらげ》」は知っていたんだろうけど「海月《くらげ》」までは気づかなかったようだ。

「じゃあ、みんなで帰ろう」

古都里ちゃんが提案すると、

「え？」

と海月ちゃんは答える。これがいつもの彼女の返事なんだ。何を言っても、取《と》り敢《あ》えず「え？」って返ってくる。人の話を殆ど聞いていないいんだ。以前にぼくが話しかけた時も、三回続けて「え？」という返事だったから、「きみは人の言ってることを何も聞いていないの？」と尋ねたことがある。すると彼女は、

「え？」

と答えたから、ぼくはそれ以上の努力を放棄することにした。

「いや、しかしな――」慎之介は彼女たちに言った。「今日は、この八丁堀と飲みに行こうと思っていたんだが」

「でも、階段落ちくんって未成年でしょう」

「だからこいつは、ジュースでいいんだ。俺は酎《ちゅう》ハイを飲むが」

「どこに行くの？」

「小岩《こいわ》のフラワーロードの居酒屋だ。行きつけの」

「すてき！　ここ二、三日ずっと天気悪かったでしょう。でも今日、やっと晴れたから海月とどこかに行こうかって話してたの。私たちも一緒に行っていい？」

「俺たちは別に構わないよ。なあ、八丁堀」

　ぼくはそんな予定は、それこそ全然聞いていなかったけど、「うん」と答えた。どうせ今日はこのまま帰っても、何もやることもなかったし。しかし、晴れたから居酒屋っていうのもよく理解できない行動理念だったが、ぼくはＯＫした。

「全然構わない。海月ちゃんは？」

「え？」

「い、いや、余計なことを聞いちゃったな――。じゃあ、四人で行こうよ」

「わいわい」

「でもさ古都里ちゃん」ぼくは歩きながら彼女に言った。「やっぱりその『階段落ちくん』っていうの止めてくれないかな」

「どうして？　良いあだ名じゃない」

「でも、本名よりも長いあだ名っていうのも、ないんじゃないか」

「そんなことないわよ。ハンドルネームなんかにしたって、みんな本名よりも長かったりするじゃないの。ちなみに私のハンドルネームは『キャサリン』」

　酷いセンスだ。まだ「明石焼き」の方がぴったりとくる。でも、もちろんそんなことは口に出さなかったけどね。吊されたくなかったから。

京成《けいせい》バスに揺られて、ぼくらは小岩駅へと向かった。しかし、まだ時間は四時過ぎだ。飲みに行くのは良いが、こんな時間から開いている居酒屋があるのか――というと、ちゃんとあるんだよ。

しかもその店は、たまにスーツにネクタイ姿のサラリーマンが四時の開店と同時に、酎ハイを飲んでいたりする。また、若い女性が一人で、モツ焼きをつまみにホッピーを飲《や》っていたりする。きっと自分の目で見ないと信じられないと思うけど、実に不思議な空間なんだ。

その居酒屋に向かうべく、ぼくらは並んで吊革《つりかわ》につかまり、バスに揺られていた。

慎之介たち三人は同じ学部だから共通の話題があるようだが、ぼくはエリート学部だから、話題が余り重ならない。教養課程で少し同じ授業を受けているだけだ。だから黙って立っていた。

それに、この女の子たちとだって、会ってまだ一週間だろう。でも何となく彼女たちは、慎之介にまとわりついているから、必然的にぼくとも行動を共にすることになってるだけなんだよ。

しかしそれにしたって、慎之介のどこが良いのか分からないが、世の中には本当に変わった趣味の持ち主がいるもんだね。なんてことを思っていたら、そのうち慎之介が変なことを言い出した。

「この八丁堀の従弟《いとこ》に、千葉千波《ちばちなみ》っていう涼しげな顔の美青年がいてな、浪人の時によく三人で遊んだんだ。あれも今思えば、古き良き時代の話だった」

まだ二ヵ月しか経っていないのにね、本当にバカだよこの男は。

「その子、ハンサムなの？　本当に？」

「ああ、本当だ」

「でも、階段落ちくんの従弟なんでしょう」

「突然変異だって母親が言っていた」

「あ。それならば分かる。ね、海月ちゃん」

「え？」

「じゃあ、いつも三人で何をして遊んでいたの？」

「主に勉学だったが、たまにビリヤード、時にによってパズルだな」

「ビリヤード、今度教えてね！」

これはなかなか厳しい注文かも知れなかった。何しろ古都里ちゃんの体型だからね。台の半分くらいの範囲は、キューが届かないんじゃないかな。

なんて心配していたぼくの視線に気づいた古都里ちゃんは、ぼくの顔をキッと睨《にら》みつけて、

「ぶっとばすよ」

と小声で言った。

「何も言ってないじゃないか」

「言わなくても分かります。失礼な男」

「冤罪《えんざい》だよ。慎之介、何とか言ってやってよ」

「あ？」奴は海月ちゃんのセリフが移ってしまったかのような返事をした。「何を言い争っているんだ、きみたちは。公共の場でみっともないから、止めなさい」

「だってこの人、やな感じなのよ」

「それは八丁堀の持って生まれた性格なんだから仕方ないんだ。カーテンに向かって『どうしてきみは、カーテンレールの下を行ったり来たりしてばかりいるんだ』と文句をつけるようなもんだ」

全く意味不明な受け答えをした。しかし、

「分かったわ」古都里ちゃんは上目遣いで頷《うなず》いた。「慎之介くんがそう言うのなら仕方ない」

本当に分かったのか？

「でも……」とぼくを睨む。「今度またそういうこと言ったら、絶対に吊す」

「だから！　何も言ってないじゃないか」

「ふんだ。ねえ、海月」

「そうね」

——って、どうしてこんな時だけきちんと返事をするんだよ！

「まあいい」慎之介は偉そうに言う。「しかし、こんな八丁堀でも、たまにパズルなどにも参加したりしていたんだ」

「信じられなーい」

「そうだ、八丁堀。今日は、きみの従弟の青年の代わりに、何か我々の優秀な頭を更に鍛《きた》えるにふさわしいパズルを出題してみなさい。時間潰《つぶ》しに解いてあげるから」

「でも……パズルはよく知らないなあ。クイズならば知ってるけど」

「まあ、それでも良しとしようじゃないか」

「じゃあ……」とぼくは言った。「人は死ぬと神様や仏様になるだろう。それと同じように、亀が神様になったんだ。さて、この神様は男の神様だったでしょうか？　それとも女の神様だったでしょうか？」

「え？」

「亀って、神様になるの？」

「だから、クイズだってば。なったとしたら、どっちだっていうクイズ」

「でも、なるのかならないのかっていう最初の段階で引っ掛かるな。私って現実主義者だから」

「ここでは、なるって仮定して」

「じゃあ簡単じゃない。その亀がオスだったら男の神様で、メスだったら女の神様」

「そういう問題じゃないよ」

「じゃあどういう問題よ？」

「だから――」

といってぼくは、再び同じ質問を繰り返した。

「やっぱり……」古都里ちゃんは首を傾《かし》げる。「亀が神様になるっていう現象が引っ掛かるなあ。納得しきれない」

「あのね――」

ぼくが言うと、

「でもさ」珍しく海月ちゃんが発言した。「犬とかでもなってるじゃない、犬神様《いぬがみ》とか。あと、狐《きつね》だったら狐憑《つ》きだとか。それに、天神様《てんじんさま》の池にもたくさん亀が泳いでいたし」

それは、ことごとく違うだろうと思ったけど黙っていた。ここでどうせ突っ込んでみても「え？」で終わっちゃうのが分かっていたからね。

「それじゃ、私の答えで正解じゃない。オスが男の神様。メスが女の神様。何よ、まさかオカマでしたとか言うんじゃないの？　ぶっとばすわよ」

「残念でした」

「じゃあ、答えは何よ」

「ヒント。亀が神になった」

「分かってるわよ、そんなこと」

「『カメ』が『カミ』になった。つまり『メ』が『ミ』になった。女神《めがみ》になった……」

「え？」

「やっぱり、ぶっとばす」

「まあまあ」慎之介が間に入ってきた。「だから最初から言ってるだろう。八丁堀は、昔からこんな程度だったんだってな。さあ、そろそろ小岩に到着したぞ。降りる準備は良いかね」

降りる準備も何も、ぼくらはずっと立って吊革につかまっていただけだったから、ただ出口に向かって歩くのみだった。

バスを降りると、店までの道をぼくらは散歩でもしているように歩いた。駅前は、買い物に出てきた主婦や、慌《あわ》ただしく急ぎ足で歩くサラリーマン、そしてぼくらみたいな学生で賑《にぎ》わっていた。

ぼくらは四人で商店街をフラフラと歩いていたんだ。でもすぐに古都里ちゃんが、「あっ。この洋服、素敵」とか「あっ。このバッグ可愛い」とか「あっ。たこ焼き美味《おい》しそう」なんて、きっちり十五秒に一回ずつ引っ掛かっちゃって、なかなか前に進めないんだ。

そのうちぼくらは一軒の、油絵やリトグラフやポスターなどを売っている店の前にやって来た。その店の前に、一枚のローランサンの絵が飾ってあった。ぼくはわりと昔から好きだったから、思わず足を止めて見入っていた。それは、右斜め下に視線を落とした少女のリトグラフだった。彼女独特の茫洋《ぼうよう》とした瞳が、じっと遠くを見つめている。

「お。八丁堀がまた少女の絵に見とれているな」慎之介が言う。「相変わらずの少女趣味だ」

「えーっ。階段落ちくんって、ロリコンなの？　嫌だ」

「バ、バカなっ。どうして、マリー・ローランサンがロリコンなんだよ！　慎之介は全く芸術が分かっていないね」

「ローランサンはロリコンではないさ。当たり前だ。それを見ている八丁堀がロリコンだと言ってる」

「ち、違うってば！」

「言い訳しちゃって。そう言われれば、最初から何だかそんな気がしてた。私を見る目も変だったし」

「無茶苦茶な理屈だよ、それって！　そりゃあ、ぼくは可愛らしい女の子は好きだよ。でもそれは、誰だってそうだろう。赤ちゃんだって、子犬だって子猫だって、みんな可愛いじゃないか。生き物としての本能だよ」

「いいや」と慎之介が真顔で言う。「八丁堀の場合は、度を超している。こら海月ちゃん、もう少し離れた方がいいぞ」

「はーい」

って、本当にこんな時ばかりちゃんと聞いてるんだからね、全く！

ぼくらが店の前でそんな話をしていると、奥の方から店主らしきおじさんが、ゆらりと姿を現した。ボサボサの白髪頭《しらがあたま》で背中を丸め、壊れたサンダルを突っかけてペタペタ歩いて来る、怪しげな風貌《ふうぼう》の男性だった。

「どうです、お兄さんたち。良い絵でしょう。お安くしときますよ、ひひひひ」

不気味だ。

ノートルダムで鐘を撞《つ》いていそうな雰囲気の男性だった。

「しかしこれは、三十万もしているじゃないか」

「ちゃんと魂が入ってますからね。絵は生きてる物と死んでる物と、二種類あるんです。これは生きてる絵です。ひひひひ」

「気持ち悪いな」

「そんなことあらしません」急に関西弁になった。「お一《ひと》ついかがでっか、お宅のリビングにでも。夜になったら、見張り番になりまっせ。誰ぞ怪しい人間が入って来たら、ニヤッと笑って追い返しま。ひひひひ」

だから、あんたが一番怪しいって。

バカらしくなっちゃって、ぼくらは手をひらひらと振ってその場を離れた。店主は、名残惜《なごりお》しそうにぼくらの背中をいつまでも見つめていたけど、少し歩いた時、古都里ちゃんが急に真面目な顔になって言う。

「そういえば、あの話知ってるでしょう……。四号館二階の、美術室の話」

入学してわずか一週間だっていうのに、一年生のぼくらの殆ど全員が知ってると思う。慎之介も冗談交じりに言っていた「国際江戸川大学の七不思議」の一つだ。通称「江戸七《えどしち》」と呼ばれてる。

「聞いた」海月ちゃんも、さすがに頰《ほお》を引きつらせながら答えた。「美術科の、深泥《みどろ》幽子《ゆうこ》先生の話……。恐い……」

深泥幽子先生というのは、とっても美人で有名な美術科の先生だった。どこか薄幸そうで、物静かで、肌の色も抜けるように白くて、指もほっそりと長くて——とにかく抜群に素敵な先生だったらしい。でも、その幽子先生は十年越しの恋を実らせた結婚を控えたある日、帰宅途中で通り魔——暴漢に遭って命を落としてしまった。ただ一方的に襲われて、亡くなった。

結局犯人は捕まったんだけど、そいつらは二人組の男たちで、幽子先生を誘拐しようとして暴れられたから殺してしまったんだという。とんでもなく酷い話だ。

このニュースは、大学中を駆け巡り、そしてとてつもない衝撃を引き起こした。

しかしその後、もっと大きな衝撃がこの大学を襲うことになる。

先生の四十九日が過ぎた頃から、美術室で怪奇現象が起こり始めたんだ。人がいないのに音がする。急にボウッと灯りのようなものが点《とも》る。誰もいないはずなのに、人の気配がする。

去年の、しとしと雨の晩も、低いすすり泣きのような声が聞こえてきたとかで、守衛さんが思い切って美術室のドアを開けた。するとそこには、幽子先生の描いた油絵が一枚、静かに壁に掛かっているだけだった。

幽子先生は、モディリアーニが大好きで、何枚も模写していた。そのうちの一枚が、静かに守衛さんを見下ろしていた。血の色の洋服を着た、とっても首の長い女性が、頭を少し右に傾けている絵だ。小さな顔には、黒い大きな瞳がポッカリと覗《のぞ》き穴《あな》のように描かれていて……。

その美術室で、ほんの三日前にも怪奇現象が起こった。

校舎の外を通りかかった社会学部の学生が、何の気無しに美術室の窓を見上げた。するとあの部屋の窓に、ボウッと人影が映っていた。ゆっくりゆっくり手を振っているように見えたという。驚いて腰を抜かしそうになったその学生は、這々《ほうほう》の体《てい》で保健室に駆け込んだらしい。

「それは――」慎之介が言う。「美術室の前の建物の中に人がいて、その影が映っただけなんじゃないのか？」

「ううん」古都里ちゃんが、プルプルと首を横に振った。「だって、美術室の前は雑木林よ。しかも、昔そこは墓地だったんだって……」

「げ……」

「それに、幽子先生は亡くなる寸前までその犯人たちに向かって、絶対に許さないって言い続けていたんだって」

「ご……」

変な呻《うめ》き声《ごえ》を上げて黙ってしまった慎之介に向かって、古都里ちゃんは続けた。

「そしてね、つい昨日の夕方なんだけど、理学部の男の子たちが、やっぱり同じ道を通りかかったんだって。そうしたら美術室の中に——壁に掛かったモディリアーニの絵が見えた。それで彼らが何となくそれを眺めていたら……口元が動いたって」

「まさか！」

「本当らしいよ。ニタリと笑ったって」

「嘘だろう」慎之介は、引きつった顔で不気味に笑った。「そいつらに騙《だま》されてるだけだ」

そういえばこいつは、お化けや幽霊の類《たぐい》が死ぬほど苦手だった。それを思い出してこっそり笑っていると、慎之介は急にぼくに顔を近づけてきた。ただでさえ大きな顔なのに、視界が慎之介で埋まった。

「な、なに、急に！」

「八丁堀が階段落ちしたのって……そのすぐ上の階じゃなかったか」

「えっ」

「美術室の隣の階段だ」

「そ、そういえば、踊り場の窓から、雑木林が見えたよ！」

「墓地だった所ね、それ！」

げっ――。

正直に告白すると、その瞬間、ぼくは鳥肌が立ってしまった。

最近「鳥肌が立つ」という言葉が、感動した時にも用いられてる。でも本来は、まさにこういう時に使うんだ。寒さや恐怖で立毛筋《りつもうきん》が収縮して、体中の毛が直立する状態のことなんだからね。だから「余りにも素晴らしい演奏で、鳥肌が立ってしまいました」なんていう感想を聞いたりすると、この人は演奏を賞《ほ》めているのか、それとも心の中では、けなしているのか分からなくなっちゃう。

――なんて思いながら恐怖から逃避していると、

「おうおう、慎之介くんじゃないか」

野太い声がした。

ぼくらが振り向くとそこには、これまた大きな体をピチピチのスーツに包んだ、スポーツ刈りの中年男性が立っていた。

「ああ、どうも」慎之介が挨拶《あいさつ》する。「蜜柑山《みかんやま》さん」

「何してんだこんな所で？　大学の授業は終わったのかね？」

「ええ。今日はもう」

その男の人は、蜜柑山権三郎《ごんざぶろう》さんっていって、警視庁捜査一課の刑事らしかった。

ということは、慎之介の父親の部下に当たるんだろう。

「蜜柑山さんこそ、こんな場所で何を？」

「ああ」と声をひそめた。「慎之介くんも知ってるだろうが、例の市川《いちかわ》の誘拐事件」

そうか。

ぼくは頷いた。

もう十日ほど前、隣の千葉県市川市に住んでる、東証一部上場の大企業の社長、赤青《きなし》さんの令嬢の紫《ゆかり》さんが誘拐されたんだ。最初は勿論、極秘に捜索が進められていたんだけれど、なかなか成果が出なくって困っているうちに、犯人から犯行声明が出た。単なる会社に対する恨《うら》みが動機だったようだ。でも犯人はなかなか交渉に応じなかった。

そこで警視庁は合同捜査本部を立ち上げて紫さんの居場所の捜索を続けているし、水面下でも根気よく色々と交渉が続けられているらしかった。でも、まだ解決には至っていないと新聞にも書かれていた。

やがて二言三言、蜜柑山さんと慎之介は言葉を交わすと、

「苺谷さんも、またやろうって言っていたぞ」

蜜柑山さんは、剣道の素振りの真似をして、

「じゃあ、またそのうちな」

手を挙げて去って行った。

ぼくらは再び歩き出す。そしてようやく目的の店に到着した。そこはとてもレトロな造りの居酒屋で、看板には大きく、

「ちの利《り》」

と書かれていた。

2

ぼくらは揃って「ちの利」の暖簾《のれん》をくぐる。

この店の名前は「天の時、地の利、人の和」から来てるらしいんだけど、変換を間違えると、とっても危ない店になってしまう。それに、慎之介は「行きつけの店」と言っていたが、実はぼくたちも今日で二回目なんだ。

でもこの店は、とってもアット・ホームでね。無理矢理ギュウギュウ詰めにすれば三十人くらい座れる、すごく細長いコの字のカウンターが店の中央にあるだけだ。そしてその中に、女将《おかみ》さん——といっても、もう八十八歳だそうだから、殆ど隅っこで腰を下ろして常連の相手をしているだけだ——の、セデ子さん。そしてアルバイトの、かのえさんと、いりこさんの二人のオバサンが立ち働いている。三人とも、ちょっと変な名前なんだけど、どうやら本名じゃないらしいんだ。いつの間にか変遷して、こんな呼び名になったようだ。でも、誰も気にせずにそう呼ぶから、ぼくらもそうしてる。

店はさすがにまだ空《す》いていて、客はぼくらの他に三人ほどしかいなかった。そしてみんな、それぞれ酎ハイやホッピーを飲んでいた。

ぼくらは、コの字の長い一辺に並んで腰を下ろした。奥の方から、古都里ちゃん、慎之介、海月ちゃん、ぼくの順だ。そして、ぼく以外の三人は二十歳《はたち》を過ぎている――らしい――ので、酎ハイを注文した。そこでぼくはオレンジ・ジュースを注文しようとしたら、

「待ちたまい」

カウンターの一番奥、つまりセデ子さんと、内と外で向かい合う形で腰を下ろしていた、常連らしきおじいさんがぼくに声をかけてきた。前に来た時も、やっぱり同じ場所に座って酎ハイを飲んでいた。渋い着流しで、つるつる頭のおじいさんだった。眉毛《まゆげ》がやけに濃いんだが、その下の目がまん丸で可愛らしい。睫《まつげ》も長いから、目の辺りだけ見たら、女の子と間違えちゃうかも知れない。

そのおじいさんが言う。

「これ、若者。ここでそんな物を頼むんじゃないぞ」

「だって、メニュー冊《さく》にありますよ」

「あれは、ただの飾りじゃや。考えてもみなさい、どうしてモツの煮込みにオレンジ・ジュースが合おうか？」

「え。そ、そう……ですか」

「そうじゃ」おじいさんは大きく頷いた。「まだ酒が飲めないのならば、レモンを搾《しぼ》った炭酸にしなさい。この店の炭酸は『キクスイ』じゃから、キックが効いておって美味《うま》いぞ。ちなみにわしは、マイルドで優しい『オリオン』や、アタックの効いておる『カゲツ』や、超辛口ドライの『アズマ炭酸』も好きじゃが」

まあ、とセデ子さんが尋ねる。

「『ヤングホープ』もお好きだったんじゃないですか？」

「あれも好きじゃ。初恋の味じゃ」

「そうですかね」セデ子さんは、白い割烹着《かっぽうぎ》の袖《そで》で口元を隠して笑った。「いつの話やら」

「初恋は初恋じゃ。年を取れば、また新しい恋もする」

「お坊さんのくせに」

「浄土真宗《じょうどしんしゅう》は、何でもありなのじゃ」

「お坊さんなの？」

尋ねる古都里ちゃんに、カウンターの向こう側の向こう側から、そのつるつる坊さんが答えた。

「いかにも。拙僧は、大草寺《おおそうじ》の鐵観音《てつかんのん》と申す坊主じゃ」

「浅草寺《せんそうじ》？　ああ、だから観音さま――」

「違う違う。大草寺じゃ、浅草寺の裏手の裏手にある、もう一千年も続く由緒正しい寺じゃ」

それって親鸞《しんらん》どころか、法然《ほうねん》よりも前の時代じゃないのか。

「でも浄土真宗って、観音さまだっけ？」

「何でもありなのじゃ。南無阿弥陀仏《なむあみだぶつ》」

なんだか怪しくなってきたよ。

ぼくが思っていると、鐵《てつ》さんはぼくを見た。

「そういうわけで若者、炭酸レモンにしなさい。かのえさん。炭酸レモンを一つ」

いつの間にか注文が入ってしまった。

やがてぼくらの前には、酎ハイと煮込みが出てきた。ここの店の酎ハイは下町方式で、焼酎が入ったグラスと、炭酸の瓶が別々に出てくる。そのグラスに各自、自分の好みに合わせて炭酸を入れて飲むんだ。個人個人でアルコール度数を調節できるから、これはリーズナブルだね。カレーライスと同じで、ルーとライスが別々に出てくれば、個々の嗜好《しこう》で調節できるってわけだ。合理的な店だ。

ぼくらは乾杯して、煮込みをつまみに飲み始めた。ここの煮込みには、大根や人参は入っていない。その代わり、刻みネギが山ほどかかっている。そこに一味唐辛子をかけて食べるんだけど、これがまたとっても美味しいんだよ。慎之介はその他に、モツ焼き盛り合わせや、ポテトサラダや、ハムカツなんかを頼んだ。

「でも、さっきの話……」古都里ちゃんが、早くも顔を赤くしながら言う。「幽霊なんて、本当にいるのかなあ。どう思う？」

「そうだな」慎之介も、真っ黒い腕を組んで唸《うな》った。「俺は自他共に認めるリアリストであるから、どうもそういった胡散臭《うさんくさ》い話は信用できないな。海月ちゃんは？」

「え？」

海月ちゃんは、ポテトサラダにウスターソースをかけるのに集中していて、今回は正真正銘、全く話を聞いていなかったようだ。

「そうでしょう、鐵さん」

などと慎之介は酔っ払った勢いで、鐵さんに話を振った。確かに距離はあるけど、位置的には殆ど正面だしね。すると鐵さんは、酎ハイを一口飲んで言う。

「基本的に仏教では霊魂の存在を認めておらんから、当然、幽霊はおらんのじゃ」

「そうなのか」

「それよりきみたちは『幽』の字を知っとるか」

「もちろん知ってますよ」

「じゃあ、それの部首は何じゃ？」

「え？」

今のは海月ちゃんじゃない。ぼくら全員の声だ。

「部首……って、部首？」

「そうじゃ」

「山……かな」

「情けない大学生じゃの」

「あ。ぼくらは国際学部だから。この男だけ文学部です」

それはな、と鐵さんは言う。

「『幺──いとがしら』でな、『糸』の頭の部分に当たるから、そう言われとる。つまりこれは、とっても小さいという意味じゃ。そして『幽』は、見ての通り、山の中にこのとっても小さいモノがいるという形じゃ。そこから『微《かす》か』とか『奥深い』とか『暗い』という意味の漢字になったのじゃ」

「へえ……」慎之介は、グラスを片手に頷いた。「なるほどね。でも『霊』の方は分かりますよ。あめかんむり」

「『あめかんむり』はの、天から雨や雪が落ちて来るというだけではなく『雷』という文字にも使うじゃろ。つまりこれは天の『神』を表しとるんじゃな」

「神を？」

「ああ。天からは、神も降って来るんじゃよ。だから雨とは関係のない『地震』の『震』も『あめかんむり』じゃろうが。これは、神が地面をふるわせているという意味になる。そこで『霊』も、神と巫《かんなぎ》ということになって、もともとは神降ろしをする巫女《みこ》という意味じゃった。それが、やがて死者の魂などという意味も併《あわ》せ持つようになっていったのじゃ。じゃから、今日のようにカラリと晴れた日よりも、しとしとと雨の降っている日の方が、霊が出歩き易《やす》いんじゃな」

「いやあ、納得できますねえ」慎之介が感嘆の声を上げた。「でも、鐵さんは霊魂を認めていないって言ってたじゃないすか」

「何でもありじゃ。南無阿弥陀仏」

素直に信じて良いのかどうか分からなくなっちゃったね。

なんていう話をしているうちに、慎之介や女の子たちも酔っ払っちゃってさ、ぼくにも飲め飲めって言うんだよ。一人素面《しらふ》でいるなってさ。本当に嫌だね、酔っ払いは。もちろんぼくは必死に断った。もうすぐ二十歳になるけど、まだちょっと間があるからね。

ところが鐵さんまでが、

「わしなんぞ、七つのお祝いに日本酒を飲まされたぞ」

なんて言い出す。

「でもそれは、お祝いの席だったからでしょう」

「じゃあ、ここもお祝いの席ということにすれば良いじゃないか」慎之介も真《ま》っ赤《か》な顔で言う。「良かった良かった。乾杯」

ダメダメ。

ぼくは心を強く持って断った。

そして目の前の炭酸レモンを、ぐっと一息に飲み干した――つもりだったんだよ、本当に。でも実際に飲んだのは、隣の海月ちゃんの酎ハイだったんだ。

あっ、と古都里ちゃんが叫んだ。

「何てことするの！」

「えっ」

「階段落ちくんが、海月のお酒、飲んじゃったよ！」

「あ……」

ありゃりゃ、と思っているうちに、胃の辺りがポカポカし始めて、顔もほてってきて、ちょっと良い気分になってきた。

「いやらしい男！」古都里ちゃんがぼくを睨む。「ちょっと言ってやった方がいいよ」

「え？」海月ちゃんは困惑顔で言った。「お代わりを下さい」

「そういう問題じゃなくって！」

まあまあ、と慎之介が間に入ってきた。

「お祝いの席だし、八丁堀も全く下心がなかったとは言い切れないものの、わざとではなさそうだから許してやってくれ」

「でもさ……」

これこれ、と今度は鐵さんが言う。

「『配』という文字を見なさい。これは『酒』と『己——巳』からできとる。つまり、酒壺《さかつぼ》の前に人が跪《ひざまず》いて、これから酒を配ろうとしておるのじゃ。ことほど左様に、酒というのは皆で回し飲みするのが本来なのじゃ」

「回し飲みも何も」古都里ちゃんはぼくを見る。「階段落ちくんが一人で全部飲んじゃったんですけど」

「あれ……そうれすか」

「そうですっ。しかも海月のを」

「こりゃ……どうも」

「まあ仕方ないぞ。最初から言ってるだろう、八丁堀はそういう男だって。さあ、新しく酒も来たし、乾杯しようではないか。あと、ハツと砂肝《すなぎも》ね」

そしてまたぼくらは、騒々しい飲み会に突入した。

鐵さんも相変わらずカウンター越しに話しかけてくる。さすがは読経《どきょう》で鍛えた声で、よく通るんだよ。しかもよく喋る。最初は自分の名前の「観音さま」についてなんかを話してた。

「観音さまというのはな、正しくは『観世音《かんぜおん》』。世間の人たちの救いを求める声――つまり音――を観ずると、すぐさま手を差し伸べるという、有り難い菩薩《ぼさつ》のことじゃ。ちなみに『般若心経《はんにゃしんぎょう》』の最初に出てくる『観自在《かんじざい》』という言葉の意味はのう、一切諸法《いっさいしょほう》の観察や、人々を苦から救済する能力が自在であるという意味なんじゃ」

そんな話をぼくらは、ふんふん、と聞いていたが、鐵さんも段々と酔いが回ってきたらしく、話の内容も徐々に怪しくなってきた。

「江戸時代ではの、菩薩というのは遊女の隠語じゃった。それだもんで『観音さま』

といったら、そのままで『遊女』のことを表していたんじゃや。そして、吉原の遊郭《ゆうかく》は浅草寺――浅草観音の裏手にあったもんじゃやから、吉原に居続けることを『観音堂にお籠《こ》もりする』と言ったんじゃや。かっかっか」

そして、興に乗ってきたのか、

「きのう北風　今日南風　明日は浮き名の辰巳《たつみ》風ぇ」とか、

「筆の先での約束およしぃ　筆は狸《たぬき》の毛でござるぅ」

なんて都々逸《どどいつ》まで歌い出しちゃってさ。するとセデ子さんが、

「最初のはね『辰巳――南東』っていう言葉と『浮き名の立つ身』をかけてる歌なのよ」とか「次のは吉原の遊女と客が証文を交わそうとしてる歌だよ。分かるでしょう。狸は人を化かすからね」

慎之介でも分かるように丁寧な解説まで付けてくれる。至れり尽くせりだ。

だから、ぼくらは面白がって聞いていたんだけど、店が段々混み始めてきたために、セデ子さんに止められちゃっていた。そのうち席も、ほぼ満員になって、かのえさんも、いりこさんも、忙しく立ち働き始めたから、ぼくらもカウンター越しの話ができなくなってしまった。

「いや、あの人面白いな」慎之介が言う。「ああいう坊さんは好きだ」

「変わった人ね。ちょっとエロいけど」

「八丁堀には、きっと理解不能だっただろうな。特に男と女の恋の話だったから」

「そうね、きっと」

「どうしてだよ！」

「だって、ロリコンなんでしょう。恋愛に発展しないじゃない」

「だから違うって」

「でもロリコンって、ただの変態だろうが」

「何を言ってるんだ！」

ぼくは、三人に向かって力説した。

「きみらは考え違いをしてる。第一、ロリコンの語源——ロリータを知ってる？　ウラジーミル・ナボコフの小説だって一行も読んだことすらないんだろう。だから、小《しょう》児《に》性愛《せいあい》——ペドフィリアとの区別すらつかないんだ。でもぼくは、そんなことを問《と》い質《ただ》そうとしてるんじゃないよ。ただ、古都里ちゃんの言葉は二重の意味で間違ってる。ぼくは決してロリコンじゃない。でも、そういう人たちの気持ちも理解できるんだ。ああ、きっと彼らはこういうふうに感じてるんだろうな、っていう程度だけどね。でも、そういった趣味の人たちが現実にいたとして、どうして恋愛にならないのさ。現代社会は肉体関係ばかりに重きを置いてるけど、どうして精神世界の価値を認めないの？　じゃあたとえばきみらは、カレシやカノジョができた時、その相手が最初のうち手を握らなかったりしたら、そこには恋も愛も存在していないっていうの？　そんなことを言うならば、他人と友だちと恋人の境界線はなに？」

「…………」

「分かったよ、八丁堀」慎之介は、ぼくをじっと見た。「だから泣くな」

「でも、ぼくが言いたいのはね――」

「いいから、涙を拭《ふ》けってば」

「そういうことじゃないよ。だから結局ぼくがきみたちに伝えたいことは――」

「ほら」

慎之介は自分のポケットから、真っ黒いハンカチを取り出すと、ぼくに投げてよこした。ぼくはそれを受け取ると涙を拭《ぬぐ》って、ブビッと洟《はな》をかんだ。

「泣き上戸だったのね」古都里ちゃんが呆《あき》れ顔《がお》で言う。「しかも相当重症の」

「こんなに泣く人、久しぶりに見た」海月ちゃんも横目でぼくをじろじろと眺めた。

「よっぽど鬱屈《うっくつ》していたの？」

「冬が長かったからな。現在進行形で」

「……慎之介に言われたくなんかないね」

「まあ、もう少し飲め」

「……いらない。帰る」

「もう帰るのか？　というより、一人で帰れないだろう。洋服がびしょびしょだし」

「……帰る」

「無理だろう」慎之介が危なっかしい手で携帯を取り出した。「仕方ないな。それじゃ、従弟の青年を呼ぼう」

「え？」

「でも、その人って、この近くに住んでるの？」

「実家は所沢《ところざわ》だ。物凄い地主でな。何回か遊びに行ったことがあるが、未《いま》だにその家には何部屋あるのか見届けていない」

「すごーい」

「しかもその青年は、庭に建ててもらったお洒落《しゃれ》な洋館に、一人で住んでいる」

「キャー」

「しかし今は、東京にいると聞いたぞ。確か、両国《りょうごく》じゃなかったかな。親戚《しんせき》の――」

「……茜澤《あかねざわ》だよ」

「そうそう。そこに居《い》候《そうろう》していると言っていたな」

「……勉強するから」

「そうだ。青年は、代々木の予備校の講習に毎日通うために、その茜澤って人の家に住んでる。しかしここの家の奴らも変わっていてな。一度だけ会ったことがあるんだが、龍一郎《りゅういちろう》っていう頭囲が六十センチくらいもある小学生の男子と、俺たちと同い年だが八丁堀より遥《はる》かに男っぽい薫子《かおるこ》って女の子がいる」

「……いいから、電話してよ」

「分かってるって。だから泣くな」

「でも面白いから、もう少し泣かせておこうよ、ねえ、海月」

「うん。面白い」

「……どうしてそんな時ばっかり答えるんだよお」

「また泣いた」

「さてと、じゃあそろそろ電話するか。両国だからJRで五駅だしな。久しぶりに顔を見るか」

「わいわい」

そして慎之介は、千波くんに電話してくれたんだ。

3

「全く何をやってるんですかね、ぴぃくんは」

暖簾をくぐって入ってぼくらの後ろに来るなり、千波くんは呆れ顔でぼくを見た。春物のブレザーの下に、青いギンガムチェックのシャツを着ている。見るからに爽《さわ》やかだったね。

一方、古都里ちゃんと海月ちゃんは、惚《ほう》けたように千波くんの顔ばかりを見つめていた。千波くんは濃い栗色の艶《つや》やかな髪をサラリと掻《か》き上げると、小さく嘆息する。

「しっかりしてくださいね」

「……うん、大丈夫」

「すみません、ご迷惑をかけて」

と慎之介たちに言うと、

「い、いえいえ」古都里ちゃんが向こうから叫んだ。「平気ですわよ、ぜーんぜん。お友だちですし」

「ありがとうございます」

「いや、すまなかったな青年」慎之介が千波くんの手を握った。「それに、久しぶりに青年にも会いたかったしな。またビリヤード勝負をしようじゃないか」

「そうですね、ぜひ」

とか言ってるけど、慎之介は千波くんに殆ど以上の確率で勝ったことがないんだよ。三勝千敗くらいだ。

「いや、実はな――」

と慎之介が説明しようとした時、

「あの……」古都里ちゃんが、キラキラした瞳で千波くんを見つめながら言う。「取り敢えず、お座りになられた方がよろしくなくって？」

急に変な言葉遣いになってるよ。でも、

「そうだな青年」慎之介も頷いた。「わざわざ来てもらったんだから、一杯飲んで行くか？」

「ダメですよ。ぼくはまだ高校生なんですから」

「しかしお祝いの席だぞ」

「何のお祝いですか？」

「忘れた。何だっけな」

「全くもう……。それじゃぼくは、ぴいくんを連れて帰りますよ」

「あ、あ、あの」古都里ちゃんがあわてて尋ねる。「そ、その、ぴいくんっていうのは何？」

「そのままだろうが。見たまんまだ」

「ああ……なるほどね」

「……本当に分かってるの？」

ぼくが疑わしそうに上目遣いで見ると、サッと顔色が変わった。

「そんなこと言うと、ぶっとば……しますかも知れませんことよ。ほほほ」

言葉遣いが滅茶苦茶《めちゃくちゃ》だよ、もう。

「まあ、とにかく座れ、青年。久しぶりに語ろう」

「でも、ぴいくんが——」

「少し休ませておいた方がいい。青年さえいてくれれば、安心だからな」

「でも、ぼくも明日の予習が——」

「大丈夫」慎之介は時計を見た。「まだまだ今日だ」

と言って奴は、いりこさんに古都里ちゃんとの間に無理矢理一つ席を作ってもらって、千波くんを座らせる。でも、ぼくの介抱に来てくれたはずなのに、どうしてそんな遠くに座らされているのか謎だったけどね。

「何か飲むか、青年。いや、もちろんノン・アルコールで。ああ、そうだ。炭酸レモンがいいだろう」

「何ですか、それ？」

「美味しい炭酸とレモンの飲み物だよ。体にとっても良いらしい」

「はあ……」

飲み物が運ばれてきて乾杯し、慎之介は千波くんと大学生活の話などをした。

「きっと青年も参考になるだろう」

などと言っていたけど、ほぼ間違いなく参考にならないだろう。だって、ずっと美術室の幽霊の話ばかりしていたんだからね。しかも余計なことに、ぼくの階段落ちの話なんかもしてさ。酷い男だ。

それを古都里ちゃんは、殆ど体全体をこちら——つまり千波くんの方に向けて聞いていた。しかも頬杖《ほおづえ》なんかしているもんだから、酔っ払った肉まんを大根で支えてるような図柄になっていたが、もちろんぼくはそんなことを一言も口に出さない。

やがて話題が、例の「江戸七」の話になった。

「そういえば去年の夏、青年や八丁堀と一緒に旅行した時も、そんな幽霊の話になったっけな」

「あれはまた、ちょっと違いましたが」

「しかし今回は、本物らしいぞ」

「まさか」

「千波さんも、幽霊を信じていらっしゃいませんの？」

「はい」千波くんは即座に頷く。「何故ならば、精神の存在は、肉体に依存しているものだからです。とすれば、その肉体がとうの昔に滅び去っているにも拘わらず精神のみがそこに残存しているなどという現象は、理論的にあり得ません。コーヒーカップの中のコーヒーがとっくになくなっているのに、小一時間ならともかく、何年経ってもそこに香りや湯気が残っているはずもありません。ゆえに、もしもそう感じたとするなら、それは単なる錯覚です」

「うん、うん。そうですよねえ」古都里ちゃんはニッコリと笑った。「私と全く同じ意見ですわ」

　本当かね？　怪しいもんだ。

「じゃあ青年は、我々の大学の出来事も、それなりに説明がつくと言うのか？」

「簡単なことなんじゃないですか、きっと」

「よし。それじゃ今度、大学に遊びに来て説明してくれ」

「そうねそうね！　いつ？　明日？　明後日？」

「行くまでもないですよ。ただ単に、影が美術室のガラスに映っていたということでしょう。それを皆で面白おかしく『七不思議』の一つにしただけで」

「だが、影と言っても、美術室の前は雑木林だぞ」

「一階から二階を見上げて、どうして窓ガラスの前の景色が映るんですか。入射角と反射角の問題で、意外と遠くの景色が見えます。これは実際にぼくも体験したことなんですけど、通りかかったマンションの窓に、遥か遠くのビルの屋上の人影が映っていたことがありました。あと、美術室内で起こったという『ボウッと光る』現象は、それこそ前の雑木林から発生した燐《りん》が燃えたのか、プラズマか……それは分かりませんけどね。そして、雨の日に変な音がしたのも、気圧と湿度の関係で油絵の額縁か、それとも教室の扉でも軋《きし》んだんでしょう。家鳴《やな》りの一種、それだけのことですよ。ただ、それを体験した人の頭の中に、亡くなられた深泥幽子先生のイメージが残っていた。それが勝手に重ね合わされて――幽霊登場となっただけです」

「そんな簡単なこと？」

「そうです。怪奇現象の本質なんて、いつも、こんなものなんです」

その時、カウンターの向こうで鐵さんが、ゆらりと立ち上がった。もう茹《ゆ》で蛸《だこ》みたいになっていた。

「さて、そろそろ帰るかな。セデ子さん。また明日」

毎日来てるらしい。

「ご住職、もうお帰りですか」

慎之介が言うと、
おう、と鐵さんは手を挙げた。

「余り長居をしておると、寺で心配されてしまうからの。いや、いつもわしの心は寺にあるんじゃよ。『幽霊の留守は冥土に足ばかり』って言っての」

「そりゃあどういう意味です、ご住職？」

「おお。もともと幽霊には足があったんじゃ。足のない幽霊というのは、江戸中期の円山応挙《まるやまおうきょ》からの話でのう。ということは、それ以降に登場する幽霊たちは、皆冥土に足を置いて出かけてくるんじゃないか、という川柳じゃ」

「なーるほど」

「わしも同じようなものじゃ。ここで飲んでいても、わしの本体は寺に置いてあるんじゃ。飲んだくれて見えるのは、わしの幽体《ゆうたい》じゃ。かっかっかっか」

「はは……。じゃあ、ここにいる鐵さんは、幽霊ってことですか」

「そういうことじゃ。ではサラバ」

鐵さんは懐手《ふところで》をすると、風に吹かれた奴凧《やっこだこ》のように去って行ってしまった。

そしてまたしばらく、ぼくらは世間話をする。

そのうち、話題が例の誘拐事件になった。物騒ですね、などと千波くんが言うと、

「しかしな」慎之介は声を、ぐっとひそめた。「犯人は、この近くに潜《ひそ》んでいるらしいぞ、やっぱり」

「テレビでも言ってたでしょう」古都里ちゃんも真面目な顔で頷く。「一度だけ、携帯電話の電波か何かをキャッチしたって。でも、それ以降は分からないって」

「そうらしい。しかし幹線道路は完全に押さえているらしいから、絶対に遠くへは行っていないと、蜜柑山さんが言ってた」

「でも、とんでもない奴らだよね。最低だよ。捕まえたら、ぶっとばす」

「深泥先生も、そんな痛ましい事件の犠牲者だったからな」

「それこそ化けて出て、そいつらを懲《こ》らしめてくれればいいのにね」

「というより、犯人たちこそ昼間はお化けのように身をひそめていて、夜だけそっと出歩いてるんじゃないのか」

きゃー、と古都里ちゃんは自分の顔を白いクリームパンのような両手で挟んだ。

「こわーい。一人じゃ帰れないかも」

「……全然問題ないよ」

思わず呟《つぶや》いてしまったぼくの声を、しかもこの喧噪《けんそう》の中で、古都里ちゃんは聞き逃さなかった。

「何？　今、何て言ったの。ええ？」

「えっ。い、いや……大事を取った方がいいよねって」

「ちょっと違《ちが》くなかった、海月《みづき》？」

「悪口言ってた」

ほら！　こういう時ばかり人の話を聞いてるんだから。

「泣かすよ」古都里ちゃんは、ぼくを睨む。「だから階段落ちなんかするのよ。幽霊に襲われたんじゃないの？　冥土から招かれてるんじゃない？　こっちへ来いっていう合図よ」

無茶苦茶なことを言う。

しかし、

「ちょっと……」

千波くんが真顔になって、自分の耳たぶをくりくりとつまみ始めた。

「饗庭さん、その四号館——美術室の位置などを教えてもらえますか？」

「どうした、青年？」

「いえ。微かに気になることが——」

お安いご用だ、と言って慎之介は黒い表紙のノートと黒いサインペンを取り出した。そして図を描いた。校舎がこうで、美術室がここで、絵がこちらに向いて壁に掛かっていて、雑木林との間に道が通っていて——。

「ということは、この道から美術室を見上げるわけですから、入射角四十度、いや三十五度かな。観察者の位置と、屈折率も多少考慮に入れなくてはならないでしょう……。そして基本的に鏡面《きょうめん》反射と考えれば良いでしょうから、そうなるとこのθ《シータ》rとθiで見ればいいでしょうね。ただ問題はz軸が絡んでくるから……」

「え？」

これは海月ちゃんではなく、慎之介と古都里ちゃんの声だ。

「饗庭さん」

「はい」

「この四号館の近くに、四、五階建て以上のマンションはありますか」

「あ、ああ、あるよ。ちょっと離れてるけどな」

「そうですか。当たってみる価値はあるかも知れないですね。無駄足になったとしても。少なくとも幽霊の正体が分かるし」

千波くんは、ペンをカタリと置いた。


そして翌朝——。

慎之介からの意見を渋々聞いて、千波くんの言った通りのマンションの部屋を訪ねた蜜柑山さんたちは、なんと驚いたことに、その部屋に監禁されていた赤青紫《きなしゆかり》さんを見つけた。

同時に、完全に虚を衝かれた誘拐犯の二人組もその場で逮捕されて、一気に事件が、い、い、い、い、い、い、解決してしまったんだ。

おかげで、ぼくらの周りは大騒ぎになった。

新入生の饗庭という大男が、例の誘拐犯逮捕に一役買ったらしいなんていう噂が飛び交い、古都里ちゃんや、海月ちゃんたちも大変なはしゃぎようだった。

「階段落ちくんの従弟の千波くん、本当に素敵だね。賢くてイケメンで美少年で」

「頭が良くてハンサムで理知的で」

「……きみたち、二通りの賞め言葉しか言ってないみたいだけど」

「階段落ちくんと全然違うね」

「本当に血が繋《つな》がってるの？」

「マイナス遺伝子だけもらっちゃったの？」

「別にぼくは、彼からDNAをもらったわけじゃないし——。それに親戚の間じゃ、よく似てるって言われるよ」

「…………」

最後の言葉は完全に流された。

とにかく——。

紫さんが監禁されていた部屋は、四号館の前の雑木林側、校舎から少し離れた場所に建っていたマンションの四〇三号室だった。そこに、ずっと閉じ込められていたのだという。

彼女は手首と足首を縛られていたが、犯人たちの隙《すき》を見てはカーテンをくぐって、内側からも開けられなくされていたマンションの窓から、ぼくらの大学側に向かって手を振ったり、こっそり隠しておいたコンパクトの鏡を反射させたりして、何とか自分のことを外部に知らせようとしていたらしいんだ。それがちょうど角度的に、美術室の窓に映ったというわけだ。

「ぴいくんが入学式の後、階段を落ちたのも、そのせいじゃなかったんですか？」

千波くんが言ったけど、それこそ「え？」だった。

「どういうこと？」

「おそらく、紫さんのコンパクトからの光が目に入ったとか」

「あっ」

「踊り場の窓から外が見えた、って言ってたでしょう」

「そういえば……そんな気がするよ。何故か急に目が眩《くら》んじゃってさ、階段から足を踏み外したんだから」

何だよ、と慎之介がぼくを睨んだ。

「じゃあその時に気づいていれば、事件は一週間も前に解決していたんじゃないか。本当に八丁堀は抜けてる男だな、相変わらず」

「だって、本当にその時は眠かったしね。よく分からなかったんだよ。あんな状況じゃ、誰だって無理だよ」

「俺だったら、すぐに気づいたな。それに八丁堀が眠いのはいつものこと――通常モードだろうが」

失礼な男だ。

あと――社会学部の学生が見た人影なんかは、まさにガラスに映っていた、縛られた手を振っている紫さんの影だった。また、理学部の学生の言っていた、絵が笑ったというのも紫さんだったんだろう。千波くんが言う。

「『助けて、お願い！』と叫ぶと、最後の『い』は口角が上がりますからね。それが深泥先生の描かれた油絵と重なれば、笑ったように見えるかも知れません」

「しかし距離があれだけあったんだから、綺麗《きれい》には重ならなかっただろうにな。大きさが違いすぎるぞ」

「もちろんそうでしょう。でも、何か動いたという感覚はあったと思います。それに、モディリアーニですからね。描かれている口が、小、さ、い」

「なるほど……」

「でも――。但しこれは、本当にピンポイントでしかあり得ない現象ですから、次の日に誰かが見に行っても窓のカーテンが閉じられていたら、何も――というより、油絵しか見えなかったでしょうね」

蜜柑山さんたちは実際にぼくらの大学にやって来て、美術室の窓から、紫さんが監禁されていたマンションの窓が見えることを確認した。そして今までの怪奇現象は、おそらく千波くんの言う通りだったんだろうということになり、幽霊事件と誘拐事件の、両方の事件があっという間に見事解決したんだ。

＊

だから、話はここで終わった方が良いのかも知れない。

そして、たとえ千波くんの推理が運良くたまたま当たったのだとしても、結果的に正しかったんだから、別にこれ以上深入りする必要もないいんだろう。

でも――。

＊

ある日、ぼくは一人で小岩のフラワーロードを歩いていた。すると、例のローランサンの絵が飾ってある店の前に出た。何気なく覗き込むと、確かにショーウインドウの中のその絵の上には、ぼくの姿や、後ろの明るい街並が重なって映っていた。

ところがそれを眺めて通り過ぎた時、ふと先日の鐵観音さんの言葉が、ぼくの頭をよぎったんだ。

〝じゃから、今日のようにカラリと晴れた日よりも、しとしとと雨の降っている日の方が、霊が出歩き易いんじゃやな〟――。

そして、この店の主人の言葉。

〝絵は生きてる物と死んでる物と、二種類あるんです。ひひひひ〟――。

ぼくは、急に冷や汗が出てきてしまった。

だって、あの日……。

理学部の学生が、深泥先生の描いたモディリアーニの絵が笑ったたって騒いだ日。それは古都里ちゃんも言っていたように、天気が悪かった。

そして千波くんの理論は、あくまでも天気が良くて、マンションの窓に太陽光が当たって反射するっていう前提の下《もと》に成り立ってるんじゃないか。

でも、幽霊事件の当日は天気が悪かった……。

そこでぼくは、わざと小雨がしとしとと降っている日を選んで、一人で美術室の下まで行ってみたんだよ。そして、千波くんの言った通りの角度、そして蜜柑山さんたちが確認したのと全く同じ角度で、ゆっくりと上を見上げてみた。

すると――。

何も見えなかった。

というより、美術室の中がくっきりとよく見えただけだった。よく見ればマンションの影は映っているものの、窓の中なんて全く見えない。

やっぱり太陽が出ていないと、マンションの窓なんて見えやしないんだ！

ぼくの全身に鳥肌が立った。

じゃあ、あの日笑ったっていうのは……。

高鳴る胸の鼓動を抑えて、美術室の中――壁に掛かっている深泥先生の描いたモディリアーニを、そうっと見上げた。額縁の中の顔が、ぼくを見下ろしている。そしてその肖像画と目が合った時、
ゆっくりと、その口角が持ち上がったような気がした――。

千葉千波の怪奇日記・
体育館の怪

首が転がる

1

どうしてぼくが占いを全く信じていないのかっていうと、それはただ単に数学的な問題なんだよ。

これは統計学と多少なりとも共通しているところなんだけど、ぼくは統計学を占いよりも信じていないから、例に出しても話にならないだろう。

じゃあ、ぼくの占い不信のどこが数学的な問題なのかといえば——簡単に言ってしまうと、無数の系が交錯する場で一つの系だけを追えるはずもないっていうことだ。もちろんこれは数学だけではなく、物理的立場からも科学的見地からも、同様のことが言えると思う。

仮にこの地球上にいる人間が、ぼく一人だとすれば、ぼくの明日、明後日に関しての占いも当たる確率が高くなるかも知れない。一人だけのことを考えていれば良いんだからね。

でも、誰にしたってそんな環境に置かれることは、なかなかないことだ。とすれば、たとえば今日のあなたは大幸運ですよと言われたところで、凄《すご》く不幸を抱えた人間が空から降って来て、その巻き添えを食ってしまうなんて可能性もあるわけだし、運良くそれを逃れたところで、もっと不運な野良犬の尻尾を踏んづけて手を噛《か》まれて、狂犬病を心配して診察を受けに行った病院の待合室で、微熱があるのに無理してサクランボ食べ放題ツアーに行って来たおばさんから酷い風邪を伝染《うつ》されてしまうってこともあるかも知れない。

つまり人間は一人で生きているわけじゃないし、「人」という文字は二人の人間が支え合ってできているんだという誤った話が一時期まことしやかに流れていたけど、現実的にはそんなもんだ。

だから他からの影響も常に考慮しておかなくてはいけないはずだ。それなのに、単独でどうこう言われてもどうしようもないよね。正確を期すならば、その日の地球上の人間の全員の運気を観《み》なくちゃいけなくなるだろう。

つまり、それは完全に無理だっていうことだ。

あと、霊感占いだってそうだ。もしも死者の霊を感じ取ることができるならば、すぐにでも警察に協力すべきだ。恨《うら》みを呑《の》んで亡くなっている人たちの言葉を霊能力で聞き取って、すぐに犯人逮捕に手を貸してあげるべきだと思うんだよ。

でも、ここでぼくが言いたいのはそんなことじゃない。つまり、占いでも託宣でも予言でも、基本的に変えようのない——救いようのない事柄に関して口を挟むのは間違いじゃないかって思う。大きなお世話だ。そしてその中でも一番酷い例が、人類滅亡だとか、地球最後の日だとか、大災害到来とかの予言だ。それに対しての対応策や防御法があるのならばともかく、そんなことを言われてもどうしようもないよっていうことを平気で言う。それって、どうなのかと思うよ。

「いやー、あなたの寿命はあと一ヵ月ですねー。しかし救いようがありませんし、救ったところでメリットはありませんねー。何しろ根本的に性格が破綻《はたん》していますから、饗庭《あいば》さん」

と言うようなもんだろう。失礼だよね。

「失礼なのはいいが」慎之介《しんのすけ》は、じろりとぼくを見た。「どうして最後に『饗庭さん』が出てくるんだ？　ああ？」

「い、いや、名前をあいうえお順で考えたらさ、すぐに『あい』——ばってね」

「本当か？」

「もちろんだよ」

「じゃあ、相川《あいかわ》はどうする？　会田《あいだ》は？　愛《あい》ちゃんは？」

「あっ。そういう名前もあったのか。全く気づかなかった」

「怪しい発言だ……」

疑わしそうな大きな目でぼくを見たこの大男は、饗庭慎之介。ぼくとは、高校、予備校、そしてここにきて大学——地元の隠れた名門校・国際江戸川大学——まで一緒になってしまったという、腐れ縁深い男だ。

そして奴は、そのでかい体を一年中真っ黒な洋服に包んでいるという、色彩感覚ゼロの可哀想な男性で、その上、肩まである漆黒の長髪を頭の後ろで結わえてブラブラと風に靡《なび》かせているという、完璧なまでの時代錯誤人間でもある。さらに付け加えるならば顔も大きい、態度もでかい、話声も喧《やかま》しい、性格も騒々しいという、東京都迷惑防止条例に引っ掛かってしまわないのが不思議なくらい困った男なんだよ。

でも考えようによっては真っ黒な服装というのは、この男にしては珍しく正しい選択かも知れないね。だってこれが、できたての仏像みたいに品のないキンキラキンの服装をされてたら、目どころか頭までくらくらしちゃうだろうからね、きっと。

「でもさ――」

今度は、慎之介の隣を歩いている、中学生の洋服を着た小太りの雪だるまのような女の子が言った。

「それがどうして、階段落ちくんの話と繋がるっていうのよ?」

ここで二つばかり説明が必要だろう。

まず、この女の子は、慎之介の同級生――国際学部ネパール学科――の奈良古都里《ならことり》ちゃんという、どこから見てもまん丸な女の子だ。どこから見ても、ということはもちろん前後左右上下ということだ。しかし、体型と顔がまん丸だから性格も丸いのか……というと、決してそんなことはない。体型を丸くするために落とした「角《かど》」を、全部ぶち込んでしまっているんじゃないかってくらいに、性格は尖《とが》ってる。何しろ彼女の口癖は「ぶっとばす」と「吊《つる》す」なんだからね。穏便じゃないよ。

ぼくなんか、入学して彼女と知り合って二ヵ月も経っていないっていうのに、もう百回くらい「ぶっとば」されて、八十五回くらい「吊」されてる。いや、もちろん口だけだけど。

そして、ぼくはとっても嫌がってるのに、古都里ちゃんはぼくのことを「階段落ちくん」って呼ぶんだよ。これはぼくが入学式の当日、講堂から教室に移動する際に、見事に階段から落っこちたことに由来している。全く以《もっ》て名誉なことではないから、そんな呼び名は止めてもらいたい。でも、なかなかぼくの主張が通らないんだ。

「だからね」ぼくは古都里ちゃんに説明した。「ここで言いたいのは、絶対に変えようのないものをああだこうだと言っちゃいけないし、またそれに関して周囲の人間も色々と言うべきじゃないってことだよ。持って生まれた運命とか、そして何にもまして人の名前とか——」

「ああ、そういうことね」古都里ちゃんは大きく頷いた。「でも、階段落ちくんはそれを言いたいがために、今まで延々とぶつくさ言ってたの？」

「だって、きちんとした論理的裏打ちが必要だろう、何事《なにごと》にも」

「バッカみたい」

「え？」

今答えたのは、やはり慎之介たちと同じ学科の同級生、水無月《みなづき》海月《みづき》ちゃんだ。

海月ちゃんは、古都里ちゃんと対照的にスラリとした体型で、細面の顔にお洒落《しゃれ》な眼鏡をかけて、いつも千鳥格子のお嬢様ファッションに身を包んでいる、ちょっと美形の女の子だ。でもそれは良いんだけど、ただ彼女には何を言っても、

「え？」

っていう返事しか戻ってこない。ぼくは今まで彼女に何度となく話しかけてるが、「え?」という言葉以外の返事をもらえたのは、六十五回に一回くらいの割合だ。でも実を言うと、彼女も可哀想なんだよ。親がうっかりしちゃったらしく、名前がちょっとね――。

「じゃあ、あなたはどんなあだ名がいいのよ?　それとも本名の方がいい?」

「い、いや、それはちょっと……」

「それなら、言ってみなさいよ。自分の欲望を」

「欲望じゃないだろう!　希望だよ」

「どっちも一緒よ。男のくせに細かいことばかり言ってると吊すよ」

そんなことぐらいで吊されてたら、たまらないよね。

「八丁堀《はっちょうぼり》で良いではないか」慎之介が憮然《ぶぜん》とした表情で言う。「贅沢《ぜいたく》な男だな、全く」

ちなみにこの、八丁堀というのはぼくの住んでいる街の名前なんだ。

実をいうとこう見えてもぼくの家は、代々続く江戸っ子でね。だから気《き》っ風《ぷ》が良いんだよ。おそらくそんなこともあって慎之介は、昔からぼくをこう呼ぶ。でも、これは決して嫌な呼ばれ方じゃないな、ちょっと時代劇がかっているっていうことを除けばね。それに八丁堀はなかなか素敵な街だ。都心にあるにも拘《かか》わらず、とっても人情味に溢《あふ》れているし。

「それはちょっとねえ……」古都里ちゃんは異議を唱えた。「八丁堀くん——じゃ長いわよ。九文字もあるし」

「階段落ちくん、だって八文字もあるじゃないか！」

「それは良いのよ、面白いから。あ。分かった。じゃあ『落《お》っこちくん』にしましょ。六文字だから二十五パーセント引き」

何だそれは？

でも、それを超える交渉は難しそうだったから、ぼくはその二十五パーセント引きで妥協したんだ。

そしてぼくらはいつもの通り四人で、小岩《こいわ》駅前フラワーロードの居酒屋「ちの利《り》」の暖簾をくぐった。

＊

ここも、なかなか素敵な店でね。

もちろんこの店の名前「ちの利」は、「天の時、地の利、人の和」から取ってるようなんだ。しかし、間違った変換をしてはダメだ。

店では、コの字のカウンターの外周にお客が座って飲むんだけど、ギュウギュウ詰めにしても三十人がせいぜいだろう。だからこの間なんか、とっても入りきれなくなっちゃって、カウンターの内側に三人くらい入って座って飲んでた。

それに何が凄いって、この店は夕方の四時にはもう飲めるんだよ。というより、その時間に行くと既に酔っ払ってるお客がいたりするから、本当の開店時間は良く分からない。

そして、その日の仕込みがなくなった時点で閉店。だから土曜日で混んだりしたら、六時半くらいで閉めちゃったりもするらしい。何しろ店の女将《おかみ》さんが、藤原《ふじわら》セデ子さんっていう御年《おんとし》八十八の女性だからね。半分趣味、半分自分の健康のためにやってるようなもんなんだ。でも、味は美味《おい》しいし、値段的にも全く問題ないし。

その日ぼくらはいつものように、カウンターの奥から、古都里ちゃん、慎之介、海月ちゃん、そしてぼくの順番で並んで座り飲み始めた。

もちろんぼくは未成年だから、ノン・アルコールの炭酸レモンだ。炭酸水にレモンを搾っただけの飲み物なんだけど、なかなか美味しい。いつも炭酸は「キクスイ」だ。でも、今日はちょっと気分を変えて「ヤングホープ」を注文してみた。若い希望、だよ。凄い名前だ。

そしてぼくらが乾杯して飲み始めると、

「おうおう、またきみらか若者たち」

トイレから戻って来た着流しのおじいさんが声をかけてきた。

カウンターの向こう——の向こうと言うべきだろう——に腰を下ろす。つるつる頭で、眉毛《まゆげ》が西郷隆盛《さいごうたかもり》の肖像画のように濃く、でも、その下の瞳は、少女マンガの絵のようにぱっちりとしてつぶらで、長い睫のおじいさんだ。

この人は、浅草にある（らしい）「大草寺《おおそうじ》」という由緒正しい寺の住職さんで、この店の常連なんだ。名前は、鐵観音《てつかんのん》さん。ぼくらがこの店に来るたびに、コの字の上の横棒の左の一番隅っこの場所で酎ハイを飲んでいる。

「江戸川の幽霊大学の学生じゃやったの」

「幽霊大学じゃないっすよ」慎之介がぼくらを代表して言う。「国際江戸川大学。まあ確かに『七不思議』はありますけどね」

そうなんだよ。

ぼくらの大学には「国際江戸川大学七不思議」、通称「江戸七《えどしち》」という怪奇な伝説があるんだ。これがまた、どれもこれも身の毛もよだつ話ばかりでね。

そうかそうか、と鐵さんは酎ハイを一口飲んだ。

「『不思議』という言葉は『不可思議《ふかしぎ》』の略。『不可思議』とは『思議《しぎ》すべからず』という意味じゃ。これらはもともと仏教用語でな。仏や菩薩《ぼさつ》の神通力《じんつうりき》のように、われわれ凡人には到底思い量《はか》ることすらできぬ境地ということからきておる。そしてこれが転じて、常識的な理解の及ばない事柄――という意味になったんじゃ。わしなんぞ六十五年も生きてきたが、まだまだ人生計り知れんの。かっかっか」

「鐵さんは、七十五でしょうが」

「ありゃ、そうだったかのセデ子さん」

「そうですよ」と店員の、いりこさんも言う。「この間ここで誕生パーティやったじゃないですか。煮込みとポテトサラダとホッピーで乾杯して」

「やはり人生不可思議じゃ」

「七不思議っていえば……」古都里ちゃんが急に真顔になってぼくらを見た。「あの話聞いた？」

「何の話？」

「体育館の話よ」

ああ、と慎之介が嫌な顔をした。こいつは本当に幽霊が恐いんだよ。もしかしたら、白いものが苦手なのかも知れない。

「聞いたぞ。幽霊が壁に文字を書くっていう話だろう。不気味だ」

「そうそう」

古都里ちゃんは、酔っ払ってピンク色になった肉まんみたいな顔で頷いた。

「私も海月と一緒に先輩たちから聞いたんだけど、ぞっとしちゃって……恐かった。ね、海月」

「え？」

海月ちゃんは、慎重に一味唐辛子を煮込みに振りかけていた。

「八丁堀は知っているか？」

って慎之介はぼくに尋ねてきたけど、もちろんぼくも聞いていた。それはこんな話なんだ。

はるか遠い昔——。

浅木《あさき》蝦夷《えみし》という男が、全く身に覚えのない罪で役人に捕らわれ、ろくな申し開きもできないまま、衆人環視の中で首を落とされてしまったという。するとその首は見物人たちの前をゴロゴロと転がり、ついには近くを流れていた小川の小さな土手の上

に、ひょいっと飛び乗って、

「咎《とが》なくて死す！」

と目を剝《む》いて怒鳴り、がっと血を吐いたという。すると、それを見ていた人たちは恐ろしさの余り、バタバタとその場に倒れてしまったらしい。それ以来、その小川は「生首川《なまくびがわ》」と呼ばれ、毎年蝦夷の祥月命日《しょうつきめいにち》には、鎮魂祭が執り行われるようになったというんだ。

そして、その辺りに現在、うちの体育館が建っているという。もちろん今は、そんな小川は流れていないけど、また随分と嫌な場所に建てたもんだ。もうちょっと考えて欲しかったね、全く。

ちなみに、蝦夷の吐いた「咎なくて死す」って言葉は、もちろん「いろは歌」からきている。

「『いろは歌』のこと、知ってた？」

「え？」

「だから、『咎なくて死す』っていうの」

「……聞いたことあったけど、忘れちゃった」

小首を傾げながら酎ハイを飲む海月ちゃんに向かって、古都里ちゃんは説明を始めた。でもぼくは当然知っていた。というより、正直に告白すれば――もう何年も前に、当時中学生だったぼくの従弟の千波《ちなみ》くんっていう子から教わったんだよ。小学校の頃から、彼はパズル好きな子だったからね。

これは有名な話だ。でも、念のために一応書いておくと「いろは歌」は、無実の罪で殺された人――柿本人麻呂《かきのもとのひとまろ》や、あるいはその関係者なんか――が作った歌だっていわれていて、

いろはにほへと
ちりぬるをわか
よたれそつねな
らむうゐのおく
やまけふこえて
あさきゆめみし
ゑひもせす

と書いて一番下の文字を右から拾うと「とかなくてしす」――「咎なくて死す」という恨みを込めた言葉になるっていう話だよね。今でこそ、すっかり当たり前のようにいわれてるけど、初めて聞いた時は本当に仰天してしまったよ。四十七文字全てを使って「色は匂へど散りぬるを……」なんて、きちんと意味をなしている歌を作っただけでも凄いのに、しかも暗号にまでなってるなんてね。とても信じられなかった。

横を見れば、古都里ちゃんが海月ちゃんに向かって、まだ延々と説明していた。でもなかなか要領を得なくて、しかも途中で慎之介が「歌舞伎の忠臣蔵でも使われていたんだぞ――」とか「作者は空海《くうかい》という説もある。というのも――」なんて余計な口を挟むもんだから、事態は余り進展していない様子だった。

というわけで、彼らのことは放っておいて話を進めちゃうけど、実を言うと異常な事件はここからなんだ。

今から二十年以上も前の話だという。

うちの大学の事務室に泥棒が入り、金庫が見事にこじ開けられて、何百万円っていう大金が盗まれたっていう事件があったらしい。そこですぐに警察が入って、捜査が始まった。すると、その時一人の学生が疑われた。彼は、暗闇坂透《くらやみざかとおる》っていう、前髪をダラリと垂らしていて頬がこけ、名字の通りいつも暗くて友だちも殆《ほとん》どいない貧乏学生だった。学科は文学部の——今は、もうなくなっちゃった——史学科で、古代文字なんかを専門に研究していたらしい。

警察に任意で事情聴取を求められて、暗闇坂さんは無実を主張した。でもちょうどその頃、彼の姿を事務室の側《そば》で見たなんていう証言まで飛び出して、暗闇坂さんは容疑者になっちゃった。警察の追及に彼は、段々とノイローゼになっていったらしい。しかも、当時付き合っていた彼女と、向こうの両親の強い反対によって別れさせられてしまった。これは決定的だったようだ。何があっても、彼女だけは自分の側にいてくれると思っていたらしいからね。

そんなある日——。

暗闇坂さんは「咎なくて死す」って言ったという浅木蝦夷に招かれたのか、それとも自分も全く同じ心境だったのか、それは分からないけど、体育館にやって来た。そして遺書の代わりに自分の指を噛み切って体育館の壁に血文字を残し、バスケットのバックストップ——バックボードにバスケットリングが付いているやつだ——の支柱に紐《ひも》を掛けて、そこで首吊り自殺してしまったという。でも壁には、一体何て書かれていたのか判別がつかなかった。

というのも……ここから先もまた、ちょっと酷い話なんだ。

これは蝦夷の呪《のろ》いなのか、暗闇坂さんの怨念なのかは分からない。でも、絶対に倒れるはずのない支柱が突然倒れてしまってね、その拍子に暗闇坂さんも、もちろん放り出されて、しかもその上からバックストップが倒れてきて……ちょうどバックボードが彼の首の上に垂直に落ちてきて……首が飛んじゃったらしい。

うわっ――と思っちゃったね。たまらないよ、こんな話は。

そして支柱が体育館の壁をこすったもんだから、その部分が剝《は》がれ落ちてしまったりして、彼の遺書が判別不能になっちゃった。でも、しとしとと雨の降る日なんかは、じんわりと壁に浮かび上がってきたりするらしいよ。新しく塗り直してあるにも拘わらずね。これは多分、ただの噂――都市伝説みたいなもの――だと思うけど、やっぱりちょっと恐いから、体育館のその場所にはまだ一度も行ったことはないし、話しか聞いていないから何ともコメントのしようがない……。

でも、この話にはまだ続きがあるんだ。

その後、真犯人が判明した。それは当時の事務長だった。盗まれたって言ってたお金は、全て自分が着服していたっていうんだから、酷い話だろう。それでも、そうやって犯人が見つかって逮捕されたところで、もう暗闇坂さんは戻ってこないんだから。悲惨すぎる話だよ、本当に……。

そんな恨みがずっと怨念として残っていたのか、いつしか体育館のバスケットコートでデートすると、絶対に別れてしまうだとか、どちらか、あるいは二人とも大怪我をしてしまうだとか、そんな嫌な伝承が残ってしまった。これは「七不思議」というより、呪いだよね。恐い話だ。

「暗闇坂さんは文学部だったんでしょう」古都里ちゃんが、慎之介の黒い壁の向こうから出た白い月のような顔でぼくを見た。「落っこちくん、詳しい話知らないの？」

「文学部っていったって、ぼくは大江戸研究学科だからね。暗闇坂さんは史学科で、それにもうその学科はなくなっちゃってる」

しかし、と慎之介はわざと大きく嘆息した。

「その、大江戸研究学科といういかにも暇そうな学科は、一体何を研究しているんだろうな。それも謎だ」

「バカを言っちゃいけないね。江戸こそ、今のぼくらのルーツとも言える時代じゃないか。ぼくらに関する文化のほぼ全ての根幹は、あの時代に完成したと言ってもいいくらいだ。そんな例は、いくらでもあるよ」

「じゃあ、それは何？」

「えっ……。だ、だから、そ、それを今、日々勉強してるんだよ！」

「本当かね」

「そうだよ！　江戸文化はとっても奥が深いし、知られているようで案外知られていないし、分かっているようで意外に謎が多かったりするんだからね。あの時代のトイレに関する事実だって、きちんと判明したのもごく最近だ。特にそういった、余りにも日常的な事柄は、誰もきちんとした文献として残さないからね。例えば、この店に入ったらまず自分の席を決めてカウンターの前のイスに腰を下ろして飲み物とつまみを注文してお通しが出されたら近くの割り箸《わばし》立てから割り箸を一膳抜き取って二つに割って食べ物を挟んで食べましょう——なんて、いちいち誰も書き残したりしないだろう」

「しかし、八丁堀の箸の持ち方も酷いがな」

「そんなことは今、関係ない！　ぼくが主張してるのは、もっと形而上学《けいじじょうがく》にも近い日本文化の根元に関わってくる問題だよ」

「どうだかな。怪しいよな、海月ちゃん」

「そうね」

——って、どうしてこんな時だけ、ちゃんと受け答えするんだ。ぼくの質問には殆ど「え？」だけなのにさ。

「まあ、そんな八丁堀の愚痴《ぐち》はどうでもいい」自分から話を振ってきたくせに、慎之介はそんなことを言う。「肝心の暗闇坂さんの話なんだが――」

「そうそう」

古都里ちゃんが首をカクカク動かした。それこそ、そのままコロリと転がり落ちてしまいそうだったけどね。

「暗闇坂さんは、可愛らしい彼女と二人で、図書館に行って勉強してたんだって」

「何の勉強？」

「もちろん、古代史なんかじゃないの。へんてこりんな文字や絵を眺めながら、二人で仲良くお勉強」

それもまた、違った意味で不気味だ。

二人で仲良く隣り合わせに座っちゃってさ、その間に分厚い古代文字の史料なんかを置いちゃって、その本とお互いの顔を交互に見つめながらニヤニヤ楽しそうに笑っちゃって――。

恐すぎる光景だ。

そんなことを思って炭酸レモンを飲んでいると、暖簾をくぐって常連さんが一人入って来た。そして、セデ子さんや、いりこさんや、かのえさんという従業員のおばさんたちに挨拶《あいさつ》するとカウンターのイスに腰を下ろした。

「降ってきたよ、ポツリポツリと」

「あら、そうですか」

「ちょっと不気味な空模様だった」

なんて言う。

そういえば以前に「しとしとと雨の降っている日の方が、霊が出歩き易い……」なんてことを鐵さんが言っていた。それを思い出してしまって、ぼくは背筋《せすじ》がぞくぞくしてしまった。すると、

「いや、実はね鐵さん」

なんて慎之介が酔っ払った勢いで、鐵さんに今までの話を告げた。

すると、鐵さんの前に腰を下ろしているセデ子さんが、間違って梅干しとニガウリを同時に食べてしまったから一気に呑み込もうとして飲んだジュースが青汁だったような顔をして、じっとこちらを見た。

「恐いねえ、本当に……」

「『音』という文字はの――」鐵さんは言う。「口の中が塞《ふさ》がって、声がはっきりとした言葉にならないことを表しとるんじゃ。そこから『閉じ籠《こ》もる』『塞ぐ』などという意味を持つようになった。じゃから『暗』というのは『日の光が入らないように閉じ込める』という意味で、『闇』は『門を閉ざす』という意味を表しとる。ゆえに『暗闇』というのは、しっかりと門が閉じられて真っ暗……ということになるのう。きっとその方の心の中も、それこそ闇に包まれた古代世界のように、ぴっしり閉じられてしまっておったんじゃろう。南無阿弥陀仏」

でも、と慎之介は言う。

「お寺には、そんな古い文献や史料がたくさんあるんでしょう。変な文字で書かれた巻物とか」

「そうそう」古都里ちゃんも尋ねる。「目玉の絵なんか画《か》いてあって『め』って読ませるようなやつ」

またバカなことをと思ったけど、鐵さんは真面目に答えてくれた。

「そんな古い物はないの。そいつは、超古代史書というやつじゃろ。『上記《うえつふみ》』などの類じゃよ。そんなものは、あってもわしゃ読めんな。まあ古い文献もたくさんあるが、なかなかわしらでも開かんからの」

「じゃあ、古い本とかは？」

「それも文字が読めんな。わしが読めるのは、せいぜいが『徒然草《つれづれぐさ》』程度かな」

などと言って、

「ふたつ文字、牛の角《つの》文字、直《す》ぐな文字、ゆがみ文字とぞ、きみはおぼゆる〜」

変な調子で歌を詠んだ。

「知っとるだろうが？」

もちろんぼくは、これも知ってる。といっても、やっぱり子供の頃に千波くんから教わったんだよ。しかし海月ちゃんが、

「え？」

と答えたので、鐵さんが丁寧に解説してくれた。

「これはの、吉田兼好《よしだけんこう》『徒然草』の第六十二段に載っておる歌じゃ。見たままで『ふたつ文字』というのは『こ』、『牛の角文字』というのは『い』、『直ぐな文字』というのは『し』、『ゆがみ文字』は『く』のことで、全部並べると『こいしく』――恋しくとぞきみはおぼゆる。つまり、あなたが恋しいという告白じゃな」

「ふむふむ」

「これを踏まえて、江戸時代のこんな狂歌がある。

ふたつ文字、牛の角文字、ふたつ文字、ゆがみ文字にて、飲むべかりける〜」

「何ですか、それ？」

「今の方式に当てはめるのじゃ。『ふたつ文字』は」

「こ」

「『牛の角文字』は」

「い」

「もう一度『ふたつ文字』」

「こ」

「最後は『ゆがみ文字』」

「く」

「全部並べて『こいこく』——鯉濃《こいこく》を酒の肴にして飲もう、という洒落じゃな。そちらの若者の言うように、江戸の文化はなかなか奥が深いの。かっかっか」

なるほどね、と慎之介は頷いて酎ハイをお代わりした。

「あ、あと、キュウリの古漬けも」

「勉強になりますねー」古都里ちゃんが鐵さんに言う。「また色々と教えてください」

「お安いご用じゃ。かっかっか」

鐵さんは笑って酎ハイのグラスを傾けると、

「そういえば、向かいの柳虫《やなぎむし》さんがの――」

などと、セデ子さんと二人で世間話を始めた。

「落っこちくんは、そういった知識はないの？」ちょっと酔っ払った古都里ちゃんが、急にぼくを向いて言う。「文学部のくせに」

それを言ったら自分だって国際学部のくせに、おそらく世界情勢なんか殆ど知っていそうもないだろう――という言葉は、一言も口に出さなかったけれどね。

「いやいや」慎之介が言う。「そんな無体なことを言ってはダメだ。前に紹介した千葉《ちば》千波という青年ならばともかく、八丁堀にそんなことを要求するのは、そこらの屋台のラーメン屋で、活《い》き伊勢エビ・蒸しアワビ・焼きタラバガニ載《の》せ海鮮ラーメンを注文するのと等しいくらい無謀な話だ。物理的に無理なんだからな。とはいうものの、パズルならばどうだ？　何かないのか。我々の知能にチャレンジできるような」

「パズルは良く知らないよ。クイズならば、少しはあるけど」

「八丁堀が作ったクイズか？」

「うん」

「仕方ない。寒い冬には百円手袋でも無いよりはましだ。言ってみなさい」

どういう喩《たと》えだ？　これから初夏だっていうのにさ。

でもまあ、ぼくは三人に言った。

「ある日、恵美子《えみこ》さんと、君子《きみこ》さんと、文子《ふみこ》さんが、三人でとても固い約束を交わしました」

ぼくは三人の名前を、紙ナプキンにペンで書いた。

「しかし、すぐあっさりとその約束を破ってしまった人がいます。さて、それは誰でしょうか？」

「え？」

「というよりさ」古都里ちゃんが言う。「まずその三人の関係は何？　親友？　ただの友だち？　そして約束って、どんな約束？　その内容によるわよ」

「何でもいいんだよ、それは」

「そういう、いいかげんさが許せないんだな、私って。几帳面《きちょうめん》な性格のA型だし。そんなんじゃ、ちょっと現実的じゃないっていうのかな。人間が書けていないっていうやつ？」

普段は限界に近いほどいいかげんなくせに、どうしてこんな時にだけ些末《さまつ》な物事にこだわるのかね。

すると、

「答え、分かった」

珍しく海月ちゃんが発言したもんだから、ぼくの方が驚いちゃった。

「ほ、本当？」

「うん。答えは、君子さん」

「ど、どうして？」

「気が変わった――『き』が変わったから」

「『き』が変わるのはいいけど、残りの『み』と『こ』はどうするのさ」

「え？」

「ダメダメ。まだ甘いね。ふっふ」

「だから」古都里ちゃんがふくれっ面《つら》で言う。「何よりもまず、約束の内容を確定させなさいよ。問題はそれからでしょう。前提不十分によって解答不能」

「それじゃ……たとえば、今度の日曜日に三人で劇団四季の『オペラ座の怪人』を観に行こうとか、さ」

「劇場はどこ？　主演は誰？　もちろん割り勘？　他に一緒に行く人はいるのいないの？　見終わった後の食事はどこで何食べるの？　それってとっても重要ポイント」

どうでもいいよ、そんなこと。

ぼくが鼻白んでいると、

「いや」慎之介が割って入ってきた。「多分、どうせ大した解答ではないんだから、早く答えを言ってしまいなさい八丁堀」

うん、とぼくは頷いた。

「答えは『君子』さん」

「どして？」

「君子豹変《ひょうへん》す」

「え？」

「……ぶっとばす」

「いやいや、八丁堀にしては良い出来だった。俺は長い付き合いの中で、もっと酷いのをいくつも聞かされてきたからな」

「でも、私の答えで正解っていうことでしょう。君子さんで」

「理由が違うからダメ。残念だったね」

「答えは合ってるのに不条理」

「でもダメ」

「それはおかしいわ。物事は、何にしても本質を押さえることが重要なのよ。その周辺に付随している事柄は、第三者の介入を経てこそ実在化するんだから」

「は……」

何を言ってるのか良く分からなかったけど、でも海月ちゃんがこんなに長く喋《しゃべ》るなんて初めてだったから、ついつい黙って聞き入ってしまったんだ。そして思わず、

「そ、そうだね……」

なんて答えてしまった。すると、

「海月正解だって！」古都里ちゃんが騒ぐ。「ということで、今回は落っこちくんの奢《おご》り！　わいわい」

一体どこからそういう話になるんだ？

結局その日は、そのまま三人とも酔っ払っちゃって大騒ぎのまま終わった――。

そして数日後。

また体育館の例の場所で、新たな事件が起こった。今度の犠牲者は、理学部三年生の男女二人だった。

2

体育館のその一角は、暗黙の了解で学生たちも先生たちも殆ど立ち入らなくなっていた。あんな噂が流れていれば、物好きな人間しか足を運ばないだろうし、実際その通りだった。事実、クラブ活動なんかの時でも、バスケ部の部員でさえ、できるだけ近寄らないようにしていたようだ。

ただ、一度そんな噂を聞きつけた地元の中学生たちが「江戸川ミステリーゾーンツアー」とかなんとか称して見物に来たことがあったらしい。ところがその日はたまたま——だったのか、本当に祟《たた》りなのか——大荒れの天候で、彼らが体育館に近づこうとしたら、近くで落雷があったんだ。それで辺り一帯は停電しちゃってね。ツアーを中止して逃げ帰ったという。それなのに今回、わざわざそんな場所でデートなんかしていた学生がいたんだよ。彼らは、宇野耕平《うのこうへい》と、山本今日子《やまもときょうこ》っていう理学部の三年生だった。授業が終わって、その日はバスケ部も練習が休みだったのを良いことに、体育館の例の場所でいちゃいちゃしていたらしい。

またどうしてそんな場所で——っていっても、幽霊の存在を全く信じていなければ別にどうってことはないし、かえって余り人も近づいてこないだろうし、ひんやりとして静かで暗いし、格好のデートスポットではあっただろう。

　ところがその日のその時間、ちょっと大きな地震があった。一般的には大した被害はなかったけど、ここではあり得ないことに、例のバスケットの支柱がまたしても倒れちゃってさ。その下でいちゃついていた二人を直撃しちゃったんだよ。

　あんな程度の衝撃で倒れるとは誰も思ってはいなかった。常識的には、とっても考えられないよ。でもそのために二人は、命に別状はなかったものの、重傷を負って救急車で病院に運び込まれて、そのまま入院して、全治二ヵ月らしい。

「恐いよね」古都里ちゃんが、学食でぼくらに言った。「絶対に暗闇坂さんの祟りよ。私はそう思うな」

「まさか」アジフライを頬張《ほおば》りながら、慎之介が嗤《わら》った。「今時、祟りだの呪いだのなんて、あるわけないだろう」

「そんなことないわよ。呪いって存在すると思う。この間、テレビでも占い師みたいな人がそう言ってたし」

「それはインチキ番組だよ。あんなのいちいち信用してちゃ——」

「あんたは黙って」古都里ちゃんは、口を挟んだぼくを睨《にら》んだ。「訊《き》いてないわ。訊かれてもないことをベラベラ喋ってると、ぶっとばすよ」

　ぼくは上目遣いでカレーうどんをすすった。全く口うるさい女の子だよ。

　でもさ、と古都里ちゃんは続ける。

「怪我した二人の話を聞いた？　ちょっと変じゃない？　すっごいラブラブで、卒業したら結婚しようなんて言ってたらしくって、宇野さんは山本さんのことを『山《やま》』ちゃんって呼んでたっていうのよ。まあそれは良いとしても、山本さんは宇野さんのことを何て呼んでたと思う？　ねえねえ」

「え？」

「それがさ」古都里ちゃんは、こっそりと周りを見回して声をひそめた。「『こーへ』くんだって」

　寒ーい！　と自分で言って両頬を両手で挟んだ。『ブラック・ジャック』に出てくるピノコがやる「アッチョンブリケ」と同じ仕草なんだけど、でもこっちは、メロンパンを肉まん二つで挟んだような図柄になっちゃった。いや、もちろんそんなことは一言も口には出さなかったけどね、ぶっとばされちゃうと困るから。

「ちょっと変だよねー」

「まあな」慎之介は、食後の煙草《たばこ》に火をつけて一服した。「しかし、八丁堀と長年の交流がある俺としては、それほど驚かんな。何しろこいつは、自分の妹を『チョコちゃん』などと呼んでいるロリコンだからな」

「やっぱり落っこちくん、いやらしい」古都里ちゃんも騒ぐ。「どうも最初から、私を見つめる視線が怪しいと思ってた」

「どうしてそうなるのさ！」

「いや、確かにそう呼びたくなってしまう気持ちはわかる」慎之介は偉そうに煙草の煙を天井に向かって吹き上げた。「幼い女の子が、拙《つたな》い喋り口で自己紹介すれば、そんな風に聞こえるだろう」

「ああ……確かにね」古都里ちゃんは頷いた。「でもそれが、落っこちくんがロリコンではないという証明にはならないわよね。それとこれでは、事象の系が別よ」

「あのね——」

そこでぼくは、再びウラジーミル・ナボコフの話から始めなくてはならなくなり、小一時間その場で彼女たちに説明してあげたんだ。もうそれは、早くも卒業論文になりそうなくらい濃い内容の話だったと思うよ、本当に。

そしてその後、ぼくらは別れてそれぞれの校舎へと向かったんだけど——。

事件の方は、これに留まらなかったんだ。

3

宇野さんと山本さんが病院に運ばれて、警視庁の現場検証が始まった時だった。一人の警官が、体育館の壁に画かれていた子供の落書きのような絵を見つけたんだ。それはこんな感じだった。

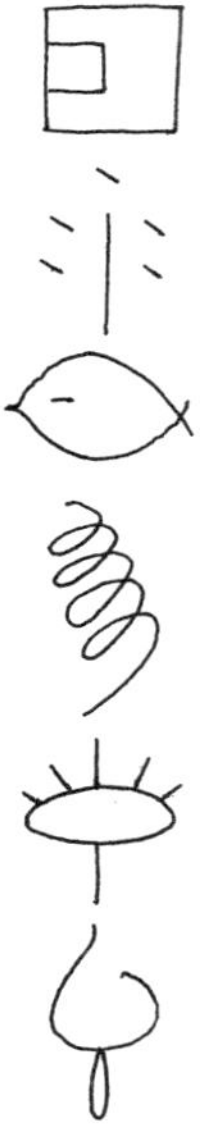

しかしこんな物、最初は見当たらなかったって救急隊員が証言した。もちろん見落としてしまったということもあるだろうが、それでも最初からあれば絶対に気がつく

はずだって揉《も》めていた。それで結局は、彼らが病院に搬送された後で、誰かによって画かれたんだろうということになった。

でも、

「呪いよ、呪い」

帰り道に寄った、小岩駅前の喫茶店《きっさ》「田園《でんえん》」で古都里ちゃんが言った。なんて書いていると、まるでぼくらは居酒屋「ちの利」と学食と喫茶店にしか行っていないような間違った印象を与えてしまうかも知れないが、もちろん授業にはきちんと出席している。ごくたまにサボって、慎之介と二人でビリヤード場に足を運んだりしているけどね。

「この落書きのようなメッセージは、自分がやったんだっていう犯行声明よ！」

「古都里ちゃんはそう言うけど、じゃあ誰の犯行声明だっていうのさ」

「浅木蝦夷っていう人か、それとも暗闇坂さんに決まってるじゃない」

「だって二人とも、とっくに死んでるじゃないか」

「あの世からのメッセージに決まってるでしょう。死んじゃってるから、そんなことができるんじゃないの。バッカみたい。その証拠に、だからこそ人目につかずに、あんな絵を画き残せたんじゃない」

「まあ確かに」慎之介はコーヒーを、煎茶みたいにズズッとすすった。「事故以来、あの場所は立ち入り禁止になっていた」

「でも立ち入り禁止っていったって、忍び込もうと思えばいくらでも可能だよ。真剣にその気になりさえすればね」

「しかし、恐いぞ。それにどうしてこんな落書きをするために、真剣にならなくちゃいけないんだ？」

本当にこいつは、そのでかい体型に似合わず、お化けや幽霊の類が苦手なんだよ。いい歳して笑っちゃうね。

「じゃあきっと、救急隊員の人たちが、最初に落書きを見落としたんだろうね。大あわてだったのは間違いないんだからさ。それに人間は誰でも、一つのことに気を取られてると、あっさり他のことを見逃したり聞き逃したりするし」

「え？」

「落っこちくんはそう言うけど、それならば一体誰がわざわざあんな場所に画いたっていうのよ」

「宇野さんたちじゃないか」

「え？」

「どうして、宇野さんたちがそんなことしたの？」

「それは……分からない……」

「もしかして」慎之介が、ガバッと体を起こした。「暗号か！　私たちは殺されそうになったとかいうような。たまたま命は助かったが、ダイイング・メッセージみたいなものだな！　よしっ、解いてみようじゃないか」

「別に暗号って決まったわけじゃ――」

「いいから、私にそれをしっかりと見せなさい。それにしても、八丁堀は絵が下手だ。絵心もない」

「上手も下手も、画いてあるままを写した――」

「最初の絵は何だろうかな……」慎之介は、真っ黒い腕を大きく組んだ。「大体これは、この方向から見るのが正しいのか？」

「だから、一応そのまま写してきたんだけど」

「どうして手間暇掛けて写してきたの？　落っこちくん、やっぱり変な趣味ね」

「いや、何となく――」

「暇なんだよ、八丁堀は。我々と違って、時間を持て余しすぎて、毎日指の間からポロポロこぼれ落ちてるんだ」

「そんなことはない！　この忙しい合間を縫って、わざわざ模写したんだ」

「見栄を張ってはいかんな。八丁堀の辞書には『多忙』という言葉はないのを知っている。それが国語辞典であれば『あ』から『んとす』まで、そして漢和辞典であれば『一』から『麤《そ》』まで探しても載っていない」

何なんだよ、その喩えは？　ぼくが憮然としていると、

「これって……ドアみたいじゃない？」

「え？」これはぼくの言葉だ。急に海月ちゃんがそんなことを言い出すもんだから、驚いちゃったんだ。「そ、そう言われればそうだね。確かにドアみたいに見える」

「すぐに海月の話に乗って。いやらしい」

「ち、違うってば。本当にそう見えるじゃないか、ほら！」

「まあ、そう言われればね……」

古都里ちゃんが、疑わしそうな目つきでぼくを見た。すると、

「おお！」

慎之介が叫んで天を仰いだ。

「分かったぞ！」

「え？」

「謎は解けたぞ、諸君。もはや我々の眼前に、何ら障害あるなし」

どこの「諸君」だか分かったもんじゃないが、慎之介はそう言って胸を張った。

「これは、ダイイング・メッセージではなかったぞ。ただ単に、宇野さんと山本さんが、デート中に二人で行っていた、ゲームだったんだ」

「ゲーム？　何の」

「しりとりだよ、小林《こばやし》くん」

誰が小林だ？

「いいか、見てみ給え。最初の『』は海月ちゃんの言うように『ドア』だ。そして次の『』は『雨』で間違いないだろう」

「ああ、なるほどね。じゃあ次は？」

「聞いて驚くなよ。『』は『メダカ』だ！」

聞いて驚いちゃったね。

しかし慎之介は続ける。

「そして次は『』で『蚊取り線香』。どうだ。ドア――アメ――メダカ――カトリセンコウ。全て繋がるではないか」

「次の『』は？」

「それは……」眉根を寄せちゃって、真剣な顔で唸った。「難しいところだな……。古都里ちゃん、何か思いつかないか？」

「電球」

「それでは繋がらない」

「くらげ」

「だから、全然繋がっていないではないか。海月ちゃんはどう思う？」

「え？」

「いや、この絵なんだが――」

「海坊主？」

「それだっ」

慎之介は、飛び上がらんばかりの勢いで体を起こした。

「ドア――アメ――メダカ――カトリセンコウ――ウミボウズ！　完璧に繋がった」

「最後は？」

「分からないのか」慎之介は、じろりと睨む。「もちろん鼻水――ズルッパナだ」

はあ？

脱力するぼくの遥か向こうで、

「素敵！」

古都里ちゃんは、うっとりと言った。

「いや、ありがとう」

慎之介は、うやうやしく一礼した。バカ臭くなっちゃったね、全く。

その後みんなで、どうしてあんな場所でこんなことをしていたのかとか、わざわざ壁に画かなくてもとか、しかし謎は解けたんだから一応警察に言った方が良いだろうとか、そういえば慎之介の親父さんは警視庁捜査一課の刑事さんじゃないか——などと話していた時だった。

「おっ」慎之介が叫んだ。「あそこを行くのは、青年じゃないか」

その言葉に古都里ちゃんは、ブンッ……と振り向いた。

「あっ、そうよそうよ。落っこちくんの従弟の！」

そんな二人の視線の先を見れば、確かに千波くんが夕暮れの風に髪をサラサラと靡かせながら、颯爽《さっそう》と歩いていたんだ。

あの子が、前にも言った千波くん——千葉千波くんだ。所沢に住む大地主の叔母さんの一人息子で、現在高校三年生で、両国に住んでいる親戚の家に下宿して、毎日代々木にある予備校の講座に通っているんだ。

「落っこちくん！」古都里ちゃんが真剣な眼差《まなざ》しをぼくに投げ掛けた。「何をボケッとしてるのよ。早く呼んできてあげなさいよっ」

「呼んできてあげなさい――って、誰に対して何のために？」

「千波ちゃんのために決まってるでしょう！　きっと、どこでお茶をしようか迷ってるんだから」

「そんなこともないだろう――」

「早く呼んでこないと、ぶっとばすよ！」

「あ、ああ……」

ぼくは立ち上がった。折角《せっかく》だから、千波くんと話もしたかったしね。

急いで「田園」を飛び出して、千波くんに声を掛けた。彼もとっても驚いたみたいだったけど、ちょうど小岩図書館に、借りた本を返しに来たところだと言う。そこで、慎之介もいるから一緒にお茶しないかと誘ったところ、今日は講座もないからと快くOKしてくれた。

千波くんは外見も中身も、ぼくや慎之介とは大違いでさ。中学一年生からずっと学級委員長や風紀委員長なんかを務めてた。成績優秀、眉目秀麗《びもくしゅうれい》、八面玲瓏《はちめんれいろう》の若者なんだよ。その上、千波くんの趣味はフルートで、これがまた上手なんだ。ドビュッシーなんか吹かせたら、エマニュエル・パユも周章狼狽《しゅうしょうろうばい》、茫然自失《ぼうぜんじしつ》になってしまうんじゃないかと思うよ、本当に。

その千波くんを連れて「田園」に戻ると、いつの間にか古都里ちゃんの隣に席ができていた。

「あら！　こんにちは」古都里ちゃんは、ニコニコと満面の笑みを浮かべて挨拶する。「こちらにどうぞ。いつも落っこちくんをお世話してます」

「ありがとうございます」と千波くんは春風のように微笑《ほほえ》んだ。「きっと、ぴぃくんがご迷惑をかけているんでしょう」

「いえいえ。お友だちですから、その程度のことは。ほほほ」

ここで一つ説明しておかなくちゃならないだろうが、ぼくの名前はもちろん「ぴい」じゃない。千波くんが勝手にそう呼んでるだけだ。みんな色々な名前で呼ぶんだから、全く困ったもんだよ。でも名前に関しての話は、今はどうでも良いことなんだけどさ。

「青年、元気だったか？」

慎之介は言って、ぼくが画いた絵を片付けようとした。すると千波くんは、カプチーノを注文しながら目敏《めざと》くそれに気づいて、

「何ですか、その絵は？」

なんて尋ねた。そこで古都里ちゃんが、初めから詳しく説明した。もちろん「江戸七」の伝承も含めてだ。

するとと千波くんは、運ばれてきたカプチーノを、くるくるとかき回しながら、一言も喋らずにじっとその絵を見つめていた。やがて、ニコッと笑って慎之介を見る。

「饗庭さん、これはしりとりじゃありませんよ」

「え？」

ちなみにこれは、ぼくら全員の言葉だ。

「どういう意味だ、青年」

「でも、しりとりになってるでしょう」

口をすぼめて尋ねる古都里ちゃんを見て、千波くんは言う。

「どうしてデート中に、しりとりなんかしなくちゃならないんですか」

「趣味だったんじゃないの？」

「それに、わざわざ子供の落書きみたいな絵を画く必要性もないでしょう」

「じゃあ、どういうこと？」

目をキラキラさせて問い掛ける古都里ちゃんに向かって、千波くんは答えた。

「これはきっと、二人が壁に落書きをしたその上に、本当に子供がやって来て、さらに画き足してしまったものと思われますね」

「画き足した？」

ええ、と千波くんは頷いた。

「だからこそ、宇野さんたちが病院に運ばれた後で壁に浮かび上がったように見えたんでしょう。最初は薄暗い場所に細い線で書かれていて気づかれなかった。その後で、どこかの悪戯《いたずら》な子供が入り込んで来てそれを見つけて、上からマジックのような物でなぞった」

「なーるへそ」

古都里ちゃんは大きく頷いたけど、それっていつの時代の言葉だ？

「とっても美しい解答ですこと」

「し、しかし、なぞったといっても……」慎之介が唸った。「どういう言葉をなぞったと考える？」

「こんな感じでしょうね。例えば、最初の『』だったら――」

千波くんは、ぼくが画いた絵の上に線を引く。

「カタカナの『コ』でしょう」
「ふむ。なるほどな。次は？」
「ただの棒線だったんじゃないでしょうか」

ふむふむ、と慎之介は偉そうに頷いた。
「じゃあ結局、最初には何が書かれていたんだろうかな？」
「こういうことじゃないでしょうか」
千波くんは次々、絵の上にぐりぐりと太い線を引いた。そしてそれを慎之介たちに見せる。

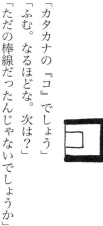

「コ……ー……へ……の……山……？」

「コーへの山！」古都里ちゃんが叫んだ。「耕平の山本――っていうことね。いやだ、ラブラブっていうこと！」

あっ。

そういうことだったのか。

「おお」慎之介も唸った。「なるほどな――。お互いの呼び名で落書きしてあったというわけか。それならば、デート中に書いた理由も説明がつく。八丁堀の、しりとり説よりもずっと説得力があるぞ、青年」

しりとりって言ったのは、自分じゃなかったか？　まあいいけどさ。

「一番下の文字は、完全に落書きでしょうね。あっかんべー、のような感じで」

でも——なるほど、それならば論理的だ。二人でこっそりとデートして、相合い傘の代わりに「耕平の山本」っていう意味で、普段から呼び合ってた「コーヘ」の「山」って書き残した——。

その後で、それを発見したどこかの子供が、彼らの文字の上に落書きしちゃったってわけだ。

さすが千波くん。あっという間に、見事解決しちゃった。

「凄ーい」古都里ちゃんは、再びキラキラと千波くんを見た。「さすがですわ、ほほほ」

そしてぼくらはその店で千波くんを囲み、また色々な話題で盛り上がったんだ。殆どが——おそらく千波くんには全く参考にならなそうな——ぼくらの大学生活の話だった。でも、とにかくこれで事件も無事に片付いたようだったしね。ぼくも安心して、そして感心して千波くんと喋ってたんだ。

ところが——。

＊

しばらくして、宇野さんと山本さんが、どうにか会話ができるくらいまで回復してさ。そしてその時に——慎之介の親父さんのルートで、千波くんの説を伝えられていた——刑事さんが、きみらは本当にこんな落書きをしたのかって尋ねた。

ところが驚いたことに二人は、揃ってその話を否定したんだ。

しかしどう考えても、それ以外にあの絵があそこにあった理由は考えられない。だから彼らは、壁にそんな照れ臭い言葉を書き残したことを恥ずかしがって、内緒にしようとしているのか、それとも事故のショックで、本当に忘れてしまっているのか……そのどちらかだろうということになったんだ。

もっともそんなことは、事件の本質とは殆ど関係のないことだったから、別に誰も強く追及はしなかった。

でも——。

ある夜ぼくは、さあ寝ようかと思って布団にもぐり込んだんだ。その時、何の前触れもなく先日の鐵観音さんの言葉がいきなり蘇《よみがえ》った。

〝そいつは、超古代史書というやつじゃろ。『上記』などの類じゃよ〟――。

超古代史書――。

もしかしたら、それって……暗闇坂透さんが、一所懸命に研究していた分野なんじゃないか？

ぼくは急に胸がドキドキし始めちゃって、うまく寝付けなくなっちゃったんだ。うとうとと浅く眠った後、朝一番ですぐに図書館に向かった。そして古代史書を調べてみた。

すると今まで良く知らなかったんだけど、古代文字には色々あるらしくてさ。有名なところでは「アイヌ文字」や「阿比留《あひる》文字」や「対馬《つしま》文字」なんていうのもあった。確かにそれらの文字は、チラリとでも目にしたことがあった。でも、「上記」の「豊国《とよくに》文字」は知らなかった。

そして調べていくうちに、これはもしかして……本当に古都里ちゃんの言う通りなんじゃないかって思えてきちゃったんだ。いや、もちろんぼくは幽霊だの呪いだのっていう話は信じていないよ。

でも、さすがにこの言葉は――。

豊国《とよくに》文字／豊国古体象字				
あ	い	う	え	お
蚊 か	木 き	繰 く	毛 け	子 こ
刺 さ	雫 し	居 す	背 せ	麻 そ
田 た	乳 ち	粒 つ	手 て	戸 と
魚 な	荷 に	沼 ぬ	根 ね	野 の
葉 は	火 ひ	縁 ふ	綜 へ	穂 ほ
眉 ま	身 み	蒸 む	目 め	漏 も
矢 や	射 い	湯 ゆ	柄 え	夜 よ
腹 ら	針 り	見 る	切 れ	幌 ろ
輪 わ	居 ゐ	生 う	繪 ゑ	紵 を

千葉千波の怪奇日記・
音楽室の怪

靴が鳴る

1

毎日電車通学していると、本当に色々な人に会う。

この間なんか、きちんとネクタイを締めた良い年をしたサラリーマンが『部下を心の底から感動させる言葉』なんていう本を読んでいた。また、渋いスーツ姿のOLなんかも『部下はこうして暗示にかけろ』なんていう本を一心に読んでいた。

寸暇《すんか》を惜しんで電車の中での読書はいいけど、これはちょっとどうかと思うよね。もしかしたらすぐ後ろで自分の関係者や、それこそ部下が見ているかも分からないんだからね。そんな誰が見てるかも知れない場所で、そういった類の本を開けっぴろげに読んでいるっていう時点で、申し訳ないがその人は上司失格だろう。

だって、もしもぼくがその人たちの部下で、彼らが満員電車の中でそんな本を読んでいるのを見かけたら、その後彼らがぼくに、にこやかな微笑みと共に近づいて来ても、素晴らしいアドバイスを送ってくれたとしても、必ず疑ってかかっちゃう。それはきっとただ単に、本に書いてあるマニュアル通りの言葉なんじゃないかってさ。

まあ、どっちにしても彼らは部下を感動させられないだろうし、思いのままに動かすこともできやしないだろう。本当に人の上に立てる人間っていうのは、そんなことを本から学ばなくても、生まれつき体の中に備えているんじゃないかって思う。

そして——ぼくなんかのように——持って生まれた才能のない人たちは、小手先で何とかしようと思っても絶対に無駄だろうと思うよ。

まあ、そんなことを考えていくと、ちょっと悲しいけどさ。身も蓋《ふた》もないって言われそうだね。でもその自覚は必要だ。三島由紀夫《みしまゆきお》も、賛美される人間と、それを賛美する人間の二つの人種しかいない世界なんてのを小説に書いていたしさ。

そして、ここが一番重要なところなんだけど、世の中は人の上に立つ人間だけじゃ成り立たないし、賛美される人たちだけの世界じゃ気持ち悪くて住めたもんじゃないだろう。つまり、両方の人たちが同じだけの重要性を以てこの世に存在してるってわけだ。人の上に立つ人と、その下で働く人との価値は、全く同じなんだ。ここらへんは、カントの提唱した「アンチノミー」——二律背反《にりつはいはん》の考え方とも、ちょっと共通しているかも知れないね。

「しかしそれが」慎之介《しんのすけ》は、今にも眠りに就きそうな眼差しで、ゆらりとぼくを見た。「八丁堀《はっちょうぼり》が音痴すぎてカラオケに行かれないという現実と、一体どこで繋《つな》がるんだ？　ちなみに俺は、ゼロパーセント以下と言っても良いほど眠くはない」

ここで少し情報の整理が必要だろう。

まず「慎之介」というのは、饗庭《あいば》慎之介。ぼくの高校時代と浪人時代を通しての友人で、ここにきてまた同じ大学「国際江戸川大学」に通うことになった。何だか妙《みょう》にぼくと縁のある男なんだ。

でも、いつも明るく若者っぽいファッションのぼくとは大違いで、この男は顔面と両手以外を黒一色に塗り潰《つぶ》している。黒いシャツに黒いパンツ、黒いスニーカーに黒い靴下、そして漆黒《しっこく》の長髪を頭の後ろで結わえてブラブラと風になびかせているんだ。高校時代は剣道部の副将で、これもまた真っ黒な剣道着を身に付けていた。それでまたこいつは背もでかいから、両手を広げたらそのままドラキュラだ。いや、ドラキュラはまだ白いスタンドカラーのシャツを着ているが、慎之介は違う。この世の害悪を一身に背負っているようなファッションだね。

そして次に「八丁堀」というのは、奴がいつもぼくを呼ぶ名前で、ぼくの現住所だ。最近はもう高いオフィスビルがどんどん建っちゃってるから、昔の面影は消えつつあるけど、それでも一本奥に入れば、まだ古い街並が残っていて、なかなか素敵な街なんだよ。ぼくはそこで生まれ育った。

そして今ぼくらがいる場所は、小岩の居酒屋「ちの利」だ。この店のコンセプト——というか、何も考えていなかったような名前は、もちろん「天の時、地の利、人の和」からきてるらしい。まさか間違っても、バラバラ殺人の現場を表そうとしたわけじゃないだろうと思う。

この店には、年季の入った大きな「コ」の字のカウンターがあるだけで、その内側で店員の、かのえさんや、いりこさんっていう、ちょっと変わった名前のおばさんたちが立ち働いてる。ちなみに女将《おかみ》さんは、御年《おんとし》八十八になる藤原《ふじわら》セデ子さんという女性だ。いつも、カウンターの端っこに置いたイスに腰を下ろして、常連たちと話をしてる。そしてぼくらはその一辺に並んで座り、酎ハイを傾けているってわけだ。

「つまりね」とぼくは慎之介に言ってやった。「歌に関しても、歌う人間と聴く人間がいる。そしてそれは、どちらも同等に価値があるって言ってるんだよ。音痴だとか、行かないとか、そういった問題じゃないんだ。摂理《せつり》——理法《りほう》の話をしてるんだ」

「落《お》っこちくん何を言ってるのか分からないから、私たちだけで行っちゃいましょ」

という非人道的な発言をしたのは、慎之介の向こう側でレモンハイを傾けていた、奈良古都里《ならことり》ちゃんだ。彼女は、慎之介や、後できっと紹介することになると思う彼女の友人と同じ「国際学部ネパール学科」の一年生だ。

古都里ちゃんは、ちょっと見も名前も可愛らしい。顔も体型も手足も真ん丸で、ボウリングなんかやりに行ったら、そのままレーンを転がれそうなんだけど、性格だけが尖《とが》っている。すぐにぼくに向かって「ぶっとばす」とか「吊す」とか言うんだ。これはどうかと思うよね。しかも、冗談じゃなくって本当にやりそうだから、もの凄く恐い。

そして、もちろんぼくの名前は「落っこち」ではない。入学式の当日に、見事に階段落ちしてしまったために、それ以来、彼女たちからそう呼ばれてるんだ。じゃあ本名は何だといっても、こんなところで畏《かしこ》まって自己紹介というのも話の腰を折るだけだから、またの機会にしておくけどね。

「い、いや、そういうことじゃないよ」ぼくは反論した。「だから、一緒に行く行かないっていう問題提起じゃない。行ったとしても歌わないよ、っていうことを言ったんだ。慎之介以外の歌だったら、聴いているのは嫌いじゃないからさ」

「どうして俺以外なんだ？」

「慎之介の歌は、五月蠅《うるさ》いだけで『音』を『楽』しめないからね」

「ふん……。確かに八丁堀には、歌心《うたごころ》がない」

「どっちがだよ。ちなみに古都里ちゃんたちは、いつも何を歌うの？」

「私は、宇多田《うただ》ヒカル」

「…………」

「何よ、その顔」

「え？　い、いや、べ、別に」

「不満そうじゃないの」

「う、うん、古都里ちゃんに、とっても似合ってるなあと思ってさ」

「ぶっとばすよ」

「どうしてさ！　ほめてるんじゃないか！」

「絶対に吊す」

「そ、それじゃ、海月《みづき》ちゃんは？」

　とにかく話題を逸《そ》らそうと思ったぼくは、九十八パーセント以上の確率で返ってくる答えが分かっていたけど、ぼくと慎之介の間で静かにグレープフルーツを搾り続けていた水無月《みなづき》海月ちゃんに尋ねた。

するると、完全に予想通りに彼女は、

「え？」

と答えた。

この海月ちゃんというのは、さっき言った古都里ちゃんの友人だ。いつもおしゃれな眼鏡をかけちゃって、体型もスラリとしていて、まずまずの美人系なんだ。ただ、ちょっと彼女も可哀想でね。何といっても名前がさ。「海月」には、もう一つの読み方があるってことに両親が気づかなかったんだろうね。

でも、本人も気づいてないみたいだからそれは良いんだが、一つ困ったことは、彼女に向かって何を訊いてもその答えの九十八・四パーセント以上が、「え？」なんだよ。全く人の話を聞いていないらしい。特に今のように、グレープフルーツを搾る作業に熱中していたりすると百パーセント超の確率だね。

そこでぼくは、今現在の状況を詳しく説明した。すると海月ちゃんは、

「私……生まれてから一度もカラオケに行ったことがない」

って言うじゃないか。驚いたね。しかもその他にも行ったことがない場所があって、それは回転寿司とパチンコだそうだ。もしかしたらこの子は、とんでもないお嬢

様なのかも知れない。

実はぼくにも、千葉千波《ちばちなみ》くんっていう従弟がいる。まあいずれ紹介する機会も来ると思うけど、そういえば彼もカラオケなんかに行ったことがない可能性が高い。少なくとも、ぼくは今まで一度もそんな話を聞いていない。

千波くんのフルートは——お世辞でも何でもなく——ジェームズ・ゴールウェイを彷彿《ほうふつ》させるくらいに素晴らしい。しかし、そういえば彼の歌を耳にしたことはまだなかった。遥《はる》か昔に、ドイツ語でベートーヴェンの「第九」をスラスラと歌っていたけど、その時だって横から慎之介が大声でがなり立てちゃって、良く聞き取れなかったんだ。

でも、彼女たちも千波くんとは何回か会ったことがあるので、そんな話をした。すると急に古都里ちゃんはカウンターに身を乗り出して、

「そういえば、あの子の演奏会はないの？」なんて、夕陽に照らされて空を行くアンパンマンみたいな顔で言う。「あったら行きたいから、教えて」

「いや……千波くんは、高校三年生だからね。今年はないんじゃないかなあ……。でも古都里ちゃん、そんな趣味あったっけ？」

もちろん、と古都里ちゃんはカックンと大きく頷いた。

「私って、昔からフルートに深く興味があったし。子供の頃に習おうかって思ってたくらいだから。シマウマ楽器の音楽教室で」

「本当？」

「本当に決まってるでしょ。こう見えても、深窓《しんそう》の令嬢だったんですからね。私ならば絵になるし」

もちろんぼくは、古都里ちゃんがフルートを演奏している姿は、串刺しにされた丸いつくねみたいだろうねなんてことは一言も口にしなかった。

「習えば良かったではないか」慎之介が長髪を揺らしながら古都里ちゃんを見る。

「フルートは、なかなか素敵な楽器だぞ」

でも……、と古都里ちゃんは小さく嘆息した。

「私って、色々な分野での芸術的才能があるでしょ。だから、忙しくてフルートまでは手が回らなかったの……。ねえ、落っこちくん。私、何かおかしいこと言ったかしら？　それとも何か言いたいわけ？　そうでなけりゃ、この場でぶっとばされたいの？」

「えっ。い、いやいや、全く何も！」

「変な目で見てると、吊すよ」

いや、と慎之介が偉そうに黒い胸を張った。

「勘弁してやってくれ。美しい女性を変な目で見てしまうのは、八丁堀の昔からの悲しい性《さが》なんだ。だから、しょっちゅう痴漢と間違われている」

「やっぱりね……」

「あ、あのね——」

「しかし、この男が」慎之介はぼくの言葉を完全に無視して続けた。「とても青年」——千波くんのことだ。奴は千波くんを、いつもこう呼ぶ——「と同じＤＮＡを分け合っているとは思えないな。本当に血が繋がっているのか？　この生物学的格差は一体何なんだ？」

「何を言ってるんだろうね」ぼくはグラスを空けて、酎ハイをお代わりした。「慎之介は相変わらず、この世の中の仕組みを全く理解し得ていないね。もう良い歳なのにさ」

「なにい？」

奴は歌舞伎の見得《みえ》を切るように、じろりと海月ちゃん越しにぼくを見た。

「どういう意味だ？」

つまりね、とぼくは目の前に置かれた酎ハイを一口飲んでから言ってやった。

「人と人との間に、格差なんてないんだよ。何故ならば、特殊な才能を発揮するためには、片方に凡庸《ぼんよう》な人間がいる必要があるからだ。これは当然の話だね。だって、もしも全世界の人たちが百メートルを九秒七で走れたら、陸上競技から百メートル走なんて種目は削除される。誰もがそんなスピードで走れないからこそ、九秒七で走れた選手はヒーローになれるんだ。ということは、その選手と他の人々とは、大局的に見た時に同等の価値を持っているということなんだよ。観客がいるからこそ、舞台が成り立つのと一緒だ。全員が舞台の上にのぼっちゃ、演劇が成り立たない。つまり、この世界に生きている人間は、誰もが違う役割を持って存在してるわけで、一人一人の価値は全く同等だってことだ」

ぼくは酎ハイを一口飲むと、トン、とグラスをカウンターに置いて、

「ぼくの言いたいことが分かった？」

と慎之介を見た。すると奴は、

「アホか」

と鼻で嗤う。

「八丁堀は、いつもそういう意味不明な話ばかりしているからダメなんだ。だから『大江戸雪隠《せっちん》研究会』なんかに入ってしまうんだな」

「雪隠研究会じゃないよ！　『大江戸リサイクル研究会』だ！　そんなことより自分はどうなんだよ、慎之介。あんなにミステリ研究会に入るって言ってたくせに、未だに入会もしていないっていうじゃないか。朝令暮改《ちょうれいぼかい》だ変節だ」

違うな、と慎之介は、ゆっくり胸を張った。

「有為転変《ういてんぺん》、君子豹変という」

「どこが君子なんだ」

「確かにミス研は止めた。というのも最近、ミステリは全く現実的ではないことに気がついたんだ」

「え？　またずいぶんあっさりと――」

「いいか、ミステリってやつは、八丁堀以上に現実と非常に乖離《かいり》している。考えてもみろ八丁堀、まず犯人はあまりにもあっさりと人を殺してしまうし、それを誤魔化すためのトリックを成立させるために、被害者の首を切り落としたり、わざわざ危ない橋を渡ってアリバイを作ったり、どう考えても無理な人物入れ替え工作をしたりする。そんなことに頭を使えるくらい賢い人間ならば、殺人行為に及ばなくとも、それ以前の段階で何とかできるはずだ。まあ、百歩譲ってそれも良しとしたところで、何といっても極めつけはダイイング・メッセージだな」

「ダイイング・メッセージがどうしたんだよ？」

「良く聞きたまえ」

と慎之介は身を乗り出してくる。

奴はとにかく体がでかいから、海月ちゃんに半分くらい被ってしまってるんだけど、彼女は今、箸を使ってグレープフルーツの種をグラスの中から取り除くので精一杯で、殆ど気にしていなかったのが幸いだったね。

「例えば、八丁堀が誰かに殺されたとする」慎之介は悲しそうな顔で言う。「まあ、八丁堀ならば、会う人会う人全ての人々に恨みを買っても仕方ないから、これは非常にあり得る話だ。その結果、見事に殺された。いきなり後ろからズブリと刺されるか、そのたるんだ首を思いきり絞められるか、物凄く苦しむ毒物を飲まされるとかしてだな。しかし死ぬ間際に自分の一生を深く悔いると同時に、大恩ある俺に『後は頼む』とか『今まで友だちでいてくれてありがとう』というような意味で、遺書を残そうとした。だが、もともと全てが中途半端な八丁堀は『饗庭くんに――』と書いたところで残念ながら事切れてしまう。するとどうなる？　その文字を見つけた名探偵は、俺が犯人ではないかと疑ってかかるんだぞ。八丁堀は、感謝の意を伝えようとしたにも拘わらずだ！」

何を言ってるんだろうね、全く。

ぼくは慎之介に感謝されることはあっても、こちらからわざわざ感謝の意を述べることなんてのは間違ってもないね。ましてや、死ぬ間際なんかにさ。

ぼくがすっかり呆れ返っていると、

「ねえ、そろそろ歌いに行こうよ」

古都里ちゃんが言った。そして早くも「フン、フン、フフンフン」なんてハミングしちゃってるんだよ。でもその歌が、宇多田ヒカルのどの歌かは良く分からなかった。しかし、「そうか」と慎之介は大きく頷いた。「ではあと一杯ずつ飲んだら出発しよう。八丁堀は、観客として動員しよう。しかし彼の理論によれば、歌う人間も、ただそこに座っている人間も平等なのだそうだから、完全に割り勘だ」

「すてきっ」

なんていう話をしていたら、ガラリと店の戸が開いて、常連の鐵観音《てつかんのん》さんがユラリと入って来た。今日も相変わらずの、渋い着流しだった。

この鐵さんというのは、浅草にある「大草寺《おおそうじ》」という浄土真宗のお寺の住職さんだそうだ。つるつるの頭と、ゲジゲジ眉毛と、つぶらな瞳がとても素敵なおじいさん僧侶なんだ。

「おうおう、若者たち。今日は早いな」

こんばんは、とぼくたちは挨拶する。

「俺たちは最終のコマが休講だったもので」慎之介が代表して答えた。「それで、いつも自主休講してるこの男を誘って、飲みに来たんですよ」

そうかそうか、と鐵さんは、いつも通りの酎ハイを注文した。そしていつもの席——カウンターの向こう側の一番端、セデ子さんのすぐ目の前——に腰を下ろすと、パッパパッと着物を払った。

「雨が降ってきとるよ。まあ、俄雨《にわかあめ》じゃろうがな」

「そうすか……」慎之介はぼくらを見る。「じゃあ、どっちみち、もう少しここで飲んでから行くことにするとしよう。まだ夜は長い」

というより、まだ夕方だしね。

「どうかね、最近の幽霊大学の調子は？」

鐵さんは、うまそうに酎ハイのグラスに口を付けながら、ぼくらに尋ねてくる。

「幽霊大学じゃないですってば」

古都里ちゃんが笑いながら答える。

鐵さんは「そうか、そうか」と頷いたけど、でも確かにぼくらの大学には「国際江戸川大学七不思議」——通称「江戸七《えどしち》」っていう、変な伝説が残ってるんだ。それは「美術室の絵が笑う」話だったり、「体育館の壁に浮き出る文字」だったり、またあるいは——。

「そういえばさ」古都里ちゃんは、急に真顔になってぼくらを見た。「歌で思い出したけど、あの話、聞いた？　音楽室の話」

「え？」

「あの話よ、海月。誰もいない音楽室で、ピアノが鳴るっていう……」

「お、おう、聞いたぞ」慎之介が顔を引きつらせた。「実に恐ろしい話だ」

こいつは本心から、お化けや幽霊が恐いんだよ。そこでぼくが「子供だね」なんて笑うと、奴はわざとらしく大きな溜め息をついた。

「しかし八丁堀は、全く論理性のカケラもない男だな」

「どうしてさ？」

「いいか、お化けや幽霊から生み出される恐怖というのは、これは想像力の産物だ。何かそこにいるかも知れない、いたらどうしようか、それは一体誰の霊魂なんだろう、良い霊なんだろうかそれとも悪霊なんだろうか——などと想像力を働かせてしまうから、そこに恐怖が湧くんだ。つまりこの恐怖心は、想像力の豊穣《ほうじょう》さと比例しているというわけだ。八丁堀のように、まだ幼い頭の持ち主の方が恐怖心を覚えにくいというデータも近年発表されている」

どこで発表されてるんだよ、全く。

でもとにかく、うちの大学の噂話なら、ぼくも知ってる。それは五年前のことだったという。

当時の文学部に、栗梨桃子《くりなしももこ》っていう、とっても可愛らしい女子がいたらしい。英米文学を研究したいっていって、うちの大学に来たという。実はうちの大学には、嵐山《らんざん》蘭子《らんこ》先生っていう英米文学に関してはちょっと有名な女性の准教授がいる。愛称はもちろん「ランラン先生」だ。今は解説本なんかもたくさん出したりしてるから、きっとどこかで名前くらいは知ってる人がいるかも知れない。

確か今年で四十歳くらいのはずだけど、独身のせいか、とってもそんな年には見えない。男子学生にもファンが多い、すごく綺麗《きれい》な先生なんだ。

そんなランラン先生は、当時から新進気鋭で有名だったから、彼女に憧《あこが》れて、桃子さんはこの大学を受験して、見事に合格した。

ところが彼女は、入学当初から誰かに付きまとわれ始めちゃったらしいんだよ。いわゆるストーカーだ。でも同級生たちに、最近、変な人が自分の後をつけて来るような気がするとか、夜に自分のアパートの窓を見上げている人がいるみたいだとか、そんな話をしていたらしい。

そしてついに、ある日のこと――。

その栗梨桃子さんが、四階にある音楽室の窓から墜落死してしまったんだ。

最初は自殺か事故かなんて大騒ぎになった。でも、鑑識の調べと、たまたまその近くを通りかかって第一発見者になったランラン先生の証言から、これは事故でも自殺でもなく、ストーカーに追いかけられた結果として、窓から墜落してしまったんじゃないかっていう話になった。未必の故意による殺人だ。

というのも、事件の少し前に、桃子さんが何かに怯《おび》えたように校舎の中を走っていたのを学生に目撃されていたし、ランラン先生の証言によれば、その時見上げた音楽室の窓に、怪しい人影が映ってたっていう。

また、音楽室のグランドピアノが置いてある辺りの床からも、桃子さんの靴跡《くつあと》が発見された。そこで警察が下した結論は、こうだった。桃子さんは事件当日、ストーカーに追いかけられて、四階の音楽室まで逃げた。そしてピアノの蔭《かげ》に隠れたが見つかってしまい、また同時に窓の下にランラン先生の姿を認めて、助けを求めようと窓を開けた。そして身を乗り出したところ――故意か、それとも事故か――そのまま墜落してしまった。もちろん窓の外には、簡単な鉄の柵《さく》があったけど、その日は夕方までしとしとと雨が降っていて、窓枠も濡れて滑りやすかっただろうし、パニック状態になったまま思い切り身を乗り出したら――。

そしてその時ランラン先生は、彼女の遺体に、そっと自分の上着を掛けてあげたんだって。駆けつけてきた学生が、そんな行為を目撃してる……。

「それで、その時にさ」古都里ちゃんが顔をしかめた。「桃子さんがストーカーに見つかった理由が、靴音なんでしょう」

確かにそんな噂が流れてた。

つまり桃子さんは、ストーカーの目から逃れようとして、こっそりピアノの蔭に隠れた。でもその時に、彼女の履いていたスニーカーの底と、音楽室の床が擦《す》れて「キユッ」という音を立てたから見つかってしまった――というんだよ。

「それはただの噂だ」慎之介が即座に否定する。「足跡が残っていたからといって、いくら鑑識でもそこまでは判定できないだろうが」

ちなみにこいつの親父さんは、警視庁捜査一課の刑事さんなんだ。だからその関係で、色々な人たちを良く知ってるんだよ。

「でも、みんな言ってるよ。だからそれ以来……」

「バカな。そんなことは、ストーカーにしか分からない話じゃないか」

「それはそうだけどぉ」

古都里ちゃんは、プクッと頬を膨らませた——っていっても、もともと限界まで丸いから、見た目はそんなに変わらなかったけどね。

「でもさ、そのストーカーっていうのは、あの人だったんでしょう。鳥部野独郎《とりべのどくろう》っていう人」

「そういう噂だな。事件後に大学も辞めてしまったというしな。しかし、今であれば、八丁堀が真っ先に疑われるところだった」

「うんうん」

——って、何を言ってるんだろうね、こいつらは。

でもとにかく、その鳥部野さんって人が怪しいっていう噂がすぐに広まったんだ。というのも鳥部野さんは、桃子さんの一学年上の先輩だったんだけど、入学式の数日後から、しつこく彼女を自分のクラブに勧誘していたっていうんだ。

鳥部野さんは、たまたまランラン先生が顧問をしている「英米文学研究会」に所属していてね。だから最初は、桃子さんの方が興味を示しちゃったもんだから、きっとすぐにその気になったんだろう。勘違いしちゃったんだね。そしてそれから彼は、毎日のように桃子さんを勧誘していたらしい。

しかも、事件当日も鳥部野さんは、茫然自失《ぼうぜんじしつ》状態で校舎内を歩いていたのを目撃されてる。だから警察からも色々と質問されていたようだが、全く何も知らないって主張し通したらしい。でもその後は、すっかりやつれちゃって、そのまま退学してしまったという。何となく恐い話だね。

でも――。

本当に恐いのは、ここからだ。

彼女が墜落死してから、音楽室では誰もいないのにピアノが鳴る……っていう話が、あっという間に広まった。そしてその曲は決まって、童謡の『靴が鳴る』だっていうんだ。だからそれは、栗梨桃子さんの怨念じゃないか、っていう噂が広まった。そしてその噂は、鳥部野さんが大学を辞めてしまった後も、ずっと続いた。

「ねえねえ、信じられる？」古都里ちゃんが、カウンターの上に飾られた赤いバレーボールみたいな顔で、ぼくらを覗き込む。「あの話、本当だと思う？」

「バッ、バカな！　ただの噂だ」

「でも慎之介、つい最近も出たっていうじゃないか。聞いただろう」

「え？」

「い、いや、海月ちゃんはいいんだ――」

「私聞いたわ」

「えっ」

「知ってる」

「あっ、ああ、そうなの」

「そんなに驚く問題？」

ぼくが驚いてしまったのは、もちろん海月ちゃんがぼくの言葉に反応したからだ。でも、とにかく彼女は、表情一つ変えることなく話し始めた。

「私たちの学部の先輩三人が、同時に耳にしたっていう話でしょう。放課後、誰もいないはずの音楽室から、たどたどしい『靴が鳴る』のメロディが聞こえてきた、っていう」

「そ、そうなんだよね。それも、雨のしとしと降ってる淋しい放課後だったらしいじゃないか。しかも聞いてるのは三人だ。これはもう、本物かもね」

「戯《ざ》れ言《ごと》をいうな、八丁堀」慎之介が頬をヒクヒクさせながら、時代劇調に言った。「どう考えても、部屋の中に誰かがいたに決まってる」

「でもその時、音楽室の責任者の花水木《はなみずき》先生は」

海月ちゃんは、すうっ、と慎之介を見た。ギクリと身を硬くする奴に向かって、海月ちゃんは続けたんだ。

「理事長に呼ばれてたから、部屋のドアにはしっかりと鍵を掛けて出かけたんですってよ。そしてあの時、音楽室の中には誰もいなかったって証言されてます」

「い、いや……しかし……」

実にその通りなんだよ。

しかもその時に、一人の女子学生が、廊下側にあるたった一つの窓から、音楽室の中を覗いたっていう。すると、きちんと蓋の閉じられたグランドピアノが見えたんだけど、そこには何の人影もなかった。でも、延々と『靴が鳴る』のメロディが暗く静かに流れていたっていうんだ――。

ちなみに、この音楽の先生の名前は「麗《れい》」っていって、とても素敵な女性でね。ただ不幸なことに、結婚したために、名前が「花水木《はなみずき》麗《れい》」になってしまったんだ。

「そりゃあ、あれだよ、あれ」慎之介は、酎ハイのグラスをしっかり握《にぎ》り締めたまま言う。「そのピアノには、当然、自動演奏装置が付いてるだろう。そいつが何らかの拍子に、勝手に一人で演奏を始めちまったんだな、きっと」

「しかし慎之介。大学のピアノに『靴が鳴る』なんて入ってるか？　入ってる曲は、当然クラシックやジャズだろう」

「そうよね」古都里ちゃんも頷いた。「あと、せいぜいが宇多田ヒカルとか……。確かめなかったのかしら？」

うん、と海月ちゃんが頷いた。

「もちろん確かめたって」

「そうしたら？」

「自動演奏曲目の中に入ってる、って花水木先生が言ったみたい」

「ほっ、ほら！　そうに決まってるではないか。それが何らかの拍子に勝手に鳴り出してしまったんだろうな」

「……そうかしら」

「そうだってばさ！」

わけの分からない口調で慎之介が力説した。

ふうん——、と古都里ちゃんは口を尖らせる。

「じゃあ、どうしてその時に、勝手に曲が流れちゃったの？　しかもよりによって『靴が鳴る』なんて」

「偶然だな、偶然。この世の中には、俺たちが想像している以上に、偶然の出来事が数多く起こっている。これは誰かも言っていたな。フェルマーだったか、ライプニッツだったか」

適当なことを言う。

「まあ……確かに、そんなものかもね」しかし古都里ちゃんは、あっさりと納得したようだった。「でもね、私の個人的な意見を言わせてもらうと『靴が鳴る』って歌、大好きなの」

「そうなの？」

思わず頷いてしまったぼくに、彼女は言った。

「そうよ。特に一番の歌詞が好き」

「お手《てて》つないで？」

「その後よ、後」

「野道を行けば？」

「ぶっとばすよ。その後に決まってるでしょ」

「え……」

「みんな可愛《かわ》い小鳥——コトリになって！」

そういうことか。

脱力しちゃうよ、全く。

「でも、実際に桃子さんは『靴が鳴』ったために命を落としちゃったんだものね。コトリは可愛いけど、ちょっと恐い」

「しっかし良く分からんなあ」慎之介が声を上げた。「第一、『靴が鳴る』っていうのは、どういう状況なんだ？」

すると、

「それはの――」いきなり鐵観音さんが、カウンターの向こう側からぼくらの話に加わってきた。そして、酎ハイのグラスを片手に、つぶらな瞳をキラキラさせて言う。

「新しい靴を履いた時の歓びを、素直に表しとるんじゃよ」

「へえ！」慎之介が心から嬉しそうに反応した。「それは一体どういう意味なんすかね？」

「そもそもこの歌は、大正八年（一九一九）に、清水《しみず》かつらが作詞して、弘田龍太郎《ひろたりゅうたろう》が曲をつけたんじゃがの。何しろ大正八年じゃから、当時はまだ子供たちなどは下駄や草履《ぞうり》じゃった。そんな中を、新しい靴――運動靴か革靴か――を履いて、友だちと手をつないでちょっと遠くまで出かける楽しさを、歌詞にしたものなんじゃ」

「なるほどね」

「一番では、みんな小鳥に、二番では蝶《ちょう》ちょに、三番では兎《うさぎ》になって、野原や野道をどんどん行くんじゃ」

「ほうほう」

「しかし一説では、この『靴』というのは『軍靴《ぐんか》』のことで、野道を行ったり丘を越えたりするのは進軍を表しとるから、これは戦争賛美の歌だなんちゅう解釈をする人間もおったようじゃが、そいつはちっと穿《うが》ちすぎじゃろな。純粋に、昔の風景の中を行く、楽しそうな子供たちの歌じゃ。作者の実体験からきとるらしい。わしもそうじゃったが、昔は新しい靴を履くというだけでも、心が弾んだもんじゃからの」

「へえへえ。勉強になりますね」慎之介は大きく頷いた。「その他には？」

そうじゃの……と鐵さんは自分の頭を、つるりと撫《な》でる。

「実体験といえば『赤蜻蛉《とんぼ》』などもそうじゃな」

「赤とんぼも？」

「ああそうじゃ。この歌は、三木露風《みきろふう》作詞、山田耕筰《やまだこうさく》作曲なんじゃが、最初のメロディを知っとるかの？」

ええ、と今度は古都里ちゃんが答えた。

「夕やけ小やけの、あかとんぼ」

「それじゃ！」

「ひっ」

鐵さんは、ピシリと古都里ちゃんを指差し、彼女は思わず息を止めた。

「な、何なんですか……」

すると鐵さんは、ほろ酔いの顔で歌う。

「ソドドレミソドラソ、ラドドレミ——とな」

「何が『とな』なんでしょうか？」

「昔は『赤蜻蛉』を、このメロディのように発音していた。あかとんぼ〜とな」

鐵さんは、ラドドレミ、と歌った。

「しかしそれが段々と、ドレミレドか、ミミミレドか分からんようになってきた。そこで彼らは、昔からのイントネーションを残すべく、この歌を作ったというわけじゃ。自分たちは『あかとんぼ《ラドドレミ》』と発音してきましたよ、とな」

「なるほどねえ」慎之介が真っ黒く太い腕を組んだ。「この歌にも、人知れぬ歴史があったというわけですか。でも本当かなあ」

本当じゃ、と鐵さんは断言する。

「真実極まりなし」

「いやあ、実に勉強になりました」慎之介は酎ハイを空けた。「さて、では我々はそろそろ旅立つとするか」

「歌いに行くのね！」

古都里ちゃんは楽しそうに、自分の頬を両手で挟んだ。遥か昔、こんな形の分子模型を目にしたことがあったけど、もちろんそんなことは口にしなかった。

そこでぼくらは、会計をしてもらうことになったんだが、酔った勢いで慎之介がまたバカなことを言い出した。

「さてさて、それでは会計を待つ間で、八丁堀と遊んでやろうかな。また何かパズルはないのか？」

「え？　パズルは……ないなあ」

「青年のような、緻密《ちみつ》で鋭いものがいいんだが、しかし八丁堀には望むべくもないゆえに、何でも良いぞ」

「そうだね……。でも、ぼくは、どっちかっていうとクイズだから」

「ふん、仕方ないな。では、音楽に関するクイズなどあるかな？　あれば出題してみなさい」

「う、うん。あるよ」

ぼくが頷くと、

「えー」と不満そうな声を上げたのは古都里ちゃんだった。「落っこちくんのクイズって、あの変なやつでしょう。全然論理的じゃないクイズ」

「い、いや、確かに論理的じゃないけど――」

「バカみたいなやつ」

「バ、バカみたいなやつじゃないと思うよ」

「こら、贅沢《ぜいたく》を言ってはいかんな古都里ちゃん。我々は大人なんだから、たまにはそういったクイズにも付き合わなくてはいけないな」

何を言ってるんだかね。

けれど実を言えば慎之介は、いつだって千波くんの出題するパズルは手一杯――というより解答不能――状態だったからね。本当は、ぼくのクイズの方が好きなんだよ。絶対にそう思うね。そこでぼくは言ってやった。

「じゃあいくよ、いいか?」

「よしっ。来たまえ」

「問題。キリギリスは夏の間、歌を歌って過ごしました。一方アリは、せっせと働いて冬のために食糧を蓄えました。さて、冬がやって来てアリは巣の中に入りましたが、キリギリスは一体どうしたでしょうか？」

「え？」

「い、いや、だからね――」

ぼくは海月ちゃんのために、もう一度問題を繰り返した。

「簡単」海月ちゃんは答える。「死んじゃった」

「残念でした。ちゃんと生き残ったんだ」

でもさ、と古都里ちゃんが一番端から言う。

「そもそもキリギリスって、生理学的に冬を越せるの？　もしも越せるとしたら当然その方法を取ったんでしょ。考えるまでもなく」

「い、いや、そういう問題じゃないんだよ」

「じゃあ、どういう問題よ」

「クイズだってば」

「だから答えてるんじゃないの。大体私、キリギリスとコオロギの区別もつかないし。というより『百人一首』にあったじゃない。『きりぎりすなくや霜夜のさむしろに』って。あれってコオロギのことだって聞いたけど」

「おう、さすがに古都里ちゃんは、文学部の八丁堀とは違って文学的センスがあるな。詳しいもんだ。しかしそれは『ほととぎす』ではなかったかな」

「それは違う歌でしょ！　ねえ、海月」

「え？」

「それとさ、コオロギの他にもカマドウマってのもいるでしょ。あれは一体何？」

弱っちゃったね。

ぼくが困った顔をしていると、慎之介が言う。

「いや、これは八丁堀が悪いな。今回の問題は、クイズにも何にもなっていない。海月ちゃんの言うように、当然キリギリスは死んでしまっただろうし、万が一生き残っていたとしたら、古都里ちゃんの言うような方法を取っただろう。さあ、会計がきたぞ。四人で割って、割り切れなかった分は八丁堀に任せよう」

「わいわい」

「あ、あのね――」

「ごちそうさまです」

まあ、いいか。四人だから、割り切れなかった分といってもたかが知れてるし。

そこでぼくらは、鐵さんたちに挨拶して「ちの利」を出た。雨も殆ど上がっていた

し、なかなか気持ちの良い夜だった。ぼくらは、フラフラとカラオケに向かう。その途中で、

「いい、海月。カラオケっていうのはね――」

なんて古都里ちゃんが海月ちゃんに向かって、一所懸命にそのシステムを説明していた。そこでぼくは、さっきのクイズの答え、

「キリギリスは、冬になるとアリの家を訪ねてライヴを開いて食糧をもらい、楽しく暮らしました」

っていう答えを言い損なってしまった。でも言わなくて良かったかも……なんて思った。だって、もしも言ってたら、きっと古都里ちゃんに本気でぶっとばされてしまったかも知れないからね。

2

「いや、久しぶりだな青年」

慎之介は大袈裟《おおげさ》に言って、千波くんの肩をポンポンと叩いた。梅雨《つゆ》の晴れ間のある日、ぼくらの国際江戸川大学のキャンパスだ。

「この間は、八丁堀のへんてこりんなクイズで、体調を崩してしまったからな。今日は青年の、由緒正しいパズルを頼む」

何を言ってるんだろうね。

慎之介が体調を崩した本当の理由は、あの後のカラオケで、古都里ちゃんと二人、デュエット・メドレーを連続十セットも歌ったからだ。

それに、第一こいつは、そんな由緒正しいパズルなんて、今まで二十年間で一問も解けたためしがないんだからさ。

でも千波くんは、少し茶色がかった髪をサラリと風になびかせながら、ニッコリと笑った。何をやってもその仕草が絵になるね。

「分かりました。では後ほど」

「そうねそうね」古都里ちゃんも、うんうんと何度も頷く。「ゆっくりしていってね。でも来年の春、受験なんでしょう。大丈夫」

「はい。何とか大丈びー」

最後の変な音は、一緒に来ていたぼくの妹が、千波くんのほっぺたを思い切り引っ張ったからだ。

「こら、チョコちゃん！」ぼくは妹を叱《しか》る。「そんなことをしちゃダメだよ、危ないから。二人でひっくり返った時に、ちゃんとチョコちゃんが千波くんの上になれれば良いけれど、万が一チョコちゃんの上に千波くんが乗っちゃったりしたら大変だろう。洋服も汚れちゃうし」

実際妹は、とっても可愛らしいチェックのスカートと、ぼくが買ってあげた明るいピンク色のパーカを着ていたんだ。

「…………」

「え？」ぼくは千波くんたちを見た。「何か変なこと言ったかな？」

「い、いえ、別に……」

毎年この時期、うちの大学ではチャリティ・コンサートが開かれるんだ。もちろん一般の人たちにも、キャンパスが開放される。大学のちょっとした宣伝も兼ねているんだろう。体育館を使っての管弦楽部——通称・江戸管《えどかん》や、オーケストラ——通称・江戸オケによる、素晴らしい演奏は、地元の人たちの間ではかなり有名になってる。実際に、この日を楽しみにしてるっていうおじいさんやおばあさんも大勢いるんだよ。そしてまた、音楽室でのピアノコンサートもそれらに負けず劣らず人気が高い。

何を隠そうぼくの妹は、四歳の頃からずっとピアノを習っているし、発表会なんかにも何度も出て、素敵な演奏を披露してくれていた。

そんな彼女が、慎之介とぼくが通っている大学でピアノコンサートがあるって聞いて、どうしても行くって言い出したんだよ。

もちろんぼくはすぐにOKした。それで今日、こうして来てるわけなんだけど、でも妹は、折角だから千波くんも誘ってくれって言ってね。まあ、妹も千波くんも、お互いのことが大好きなようだから、千波くんにも声をかけたんだ。

すると今度は、古都里ちゃんも、海月ちゃんを連れてぼくらと一緒にピアノコンサートを聴きに行くって言い出してさ。結局、六人でぞろぞろと体育館から音楽室へと回ることにしたんだ。

校舎に入って階段を登りながら、

「それで、パズルはどうした、青年?」慎之介がしつこく尋ねた。「大学生となった俺の頭にふさわしいような高品質のものが良いな」

では――、と千波くんは妹を左腕にぶら下げながら、息も絶え絶えに言う。

「『レオナルド・ダ・ヴィンチの詩』なんていうのは、どうでしょうか？」

「すてきねっ」古都里ちゃんは、千波くんをじろじろと見つめながら言った。「ロマンティックすぎる。ねえ、海月」

「え？」

「よし、青年。言ってみなさい。ダ・ヴィンチならば、相手にとって不足なし」

すると千波くんは、嫌がる妹を無理矢理自分の腕からはがして、ぼくに押しつけてきた。そして自分は、ポケットからメモ帳を取り出すと、ペンで何やら書き付けた。

「これを見てください」

そう言ってぼくらに見せたページには、こんな文章が書かれていた。

「Amore sol la mi fa remirare,
la sol mi fa sollecita」

「何だこれは？」

首を捻る慎之介を見て、千波くんは楽しそうに微笑む。

「これが、レオナルド・ダ・ヴィンチが作ったといわれている詩です。文法も現代とは違いイタリア語とラテン語が混ざっているらしいんですけど、この詩の意味は『愛だけがそれを私に思い出させ、それだけが私をせき立てる』というものだそうです」

「ううん……やっぱり、ロマンティック！」

「それは素晴らしいが――」

自分の胸の前であんぱんみたいな両手を握り締めて揺れている古都里ちゃんの前で、慎之介が千波くんに尋ねた。

「これがどうした？」

「実はこれ、歌詞でもあるんです。ちょっと歌ってみてください」

「は？　俺は知らないぞ、こんな歌。まあ最初は『アモーレ』だろうが……」

「そうですか」千波くんはニコニコと微笑んで、ぼくを振り向いた。「じゃあ、ぴいくん、どうぞ」

ここでまた、一つ説明が必要だろう。

もちろんぼくの名前は「ぴい」ではないし、頭文字も違う。まあこれに関しても説明が長くなるから、今日のところは省略してしまうけど、とにかく千波くんは昔から、ぼくのことをそう呼ぶんだ。

「さあ……」ぼくも首を傾げた。「ラテン語とイタリア語は、両方とも履修していないからねえ。習ってさえいれば、もちろん分かったと思うけど……」

「それは残念でしたね」

千波くんがクスッと笑うと、無理矢理にその文字を覗き込んでいた妹が突然、

「それって、こうじゃないの？」

なんて言って、フンフン……とハミングし始めたんだ。全く適当なんだろうけど、可愛らしいもんだね、なんてぼくが思っていたら、

「すごいですね」千波くんが笑いながら、妹の頭を撫でた。「チョコちゃん、大正解です」

「え？」

驚くぼくらの目の前で妹は「エヘヘ」なんて自慢げに照れ笑いした。

びっくりしちゃったね。どうして妹がイタリア語なんて知ってるんだろう。

「シマウマ楽器で習ったの？」

と尋ねるぼくに、

「ううん」と可愛らしく首を横に振った。「今、分かった」

そして再び、千波くんの左腕に飛びついてぶら下がった。そのおかげで千波くんは体のバランスを崩して、階段を踏み外しそうになってしまったけど、すんでのところで慎之介に救われた。

それにしても……。

どうして妹が分かったんだろう。まさか勘で歌えるわけもないし——謎だね。

でも謎っていえば、実のところぼくはこういったややこしい問題は苦手なんだよ。どっちかっていうと、こんなのが好きなんだ。

問題。柿が三個あります。そして、そのうちの一つだけが渋柿です。これを三人で一つずつ選んで順番に食べる時、渋柿を食べてしまう確率を一番低くするためには、何番目に食べれば良いでしょうか？

答え。三番目。

先に食べた二人の柿が甘柿だったら、自分の分は食べずに走って逃げる。

やがてぼくらは、音楽室に到着した。

時間が早かったこともあって、会場内にはまだ数人の観客しかいなかった。そこでぼくらが前の方の席を確保して座ろうとした時、後ろの扉が静かに開いて、眼鏡をかけた女性が入って来た。

嵐山蘭子――ランラン先生だった。先生は一番後ろの席に向かう。その姿をそっと眺めながら、

「今日は……変な曲……流れないよね」

古都里ちゃんがそっと呟いた。

「どういうことですか？」

尋ねる千波くんに、ぼくらはこの教室にまつわる不気味な話を伝えた。凄く興味を示してしまった妹の「フンフフン」という可愛らしい合いの手を交えながら話し終わると、

「誠にバカらしい話だろう」

慎之介が胸を張って言った。この間の、しとしと雨の夕方とは違って、今日は明るい昼間の話だからね。やけに堂々としていたよ。

「子供騙しのような出来事だ。しかし俺たちはランラン先生の講座を取っているので、一応ご挨拶に伺おう」

慎之介と古都里ちゃんと海月ちゃんの三人が席を立つと、千波くんも、「ふうん……」と言って立ち上がり、窓からそっと下を眺めた。「なるほど」

「どうしたの？」

尋ねるぼくを振り返ると、ゆっくり自分の席に戻った。

「いえ。もしもその彼女が、この窓から身を乗り出して校庭に墜落したのならば、かなり校舎から近い場所に倒れていたわけですよね。思い切り宙に飛び出したのなら別ですが、でもそんな様子もないようでしたから。そうなると、彼女の遺体のすぐそばからこの窓を見上げた時に、果たして窓の中に怪しい人影を認めることができるのかなあ――と思っただけです。窓も西向きだから、雨が完全に上がっていれば夕陽の照り返しもあっただろうし」

「……どういうこと？」

「分かりません。まだ何も」

「…………」

千波くんが、妹を自分の膝《ひざ》に乗せたまま首を捻った時、前の扉が勢い良く開いて、男性が二人息を切らせて飛び込んで来た。どうやら、ピアノの調律師さんたちのようだった。二人はピアノに取りすがるようにして蓋を開けると「早く、早く」と言いながら、鍵盤を叩いたり、弦に触れたりしながら、大あわてで調律を始めた。

こんなことは、とっくに終わっていなくちゃならないんじゃないか、ってぼくが思った時、

「あっ」

妹が声を上げた。

「源平《げんぺい》おじさん！」

その声に「えっ」と背の高い中年の男性が振り向いた。

「あれっ、チョコちゃん」微妙なイントネーションで妹に言う。「どうしたのさ、今日は？」

うん、と妹は笑った。

「兄ちゃんと、千波くんと、ピアノコンサートに来た」

「ああ、そうかそうか」

男性は、顔に満面の笑みを浮かべて妹を、そしてぼくらを見た。どうやら、シマウマ楽器関係での妹の知り合いらしかった。

「おじさん、何してんの？」

「ああ――」

その源平さん――楽器店の「ハマ屋《ヤ》」から派遣されたという紅白《こうはく》源平さんが言うには、こういうことらしかった。

大学から頼まれて、このグランドピアノに新しく自動演奏装置――オートピアノを設置したが、どうも調子が今一つだといわれ、調整に来て欲しいと頼まれていた。ただこれは普通のオートピアノではなく、グランドピアノ用の、アンサンブル音源内蔵のプレイヤーだったために、

「設置が難しいのさ」

〝の〟(上ガル)〝さ〟(下ガル)――という発音で源平さんは言った。音階で表すと「ミ・ド」だろうか。どこの地方かは分からないけど、朴訥《ぼくとつ》な方言だった。

「でもね、今日ここでコンサートがあるから、始まるまでにどうしても直しておいて欲しいって言われてたけんど、今になってしまって、あわてて飛んで来たのさ」

「そうなのかあ」

「ああ。何とか間に合ったみたいで、良かったのさ」

源平さんたちは、ふうっ、と大きく嘆息すると額の汗を拭った。

そこに慎之介たちも、ランラン先生への挨拶を終えて戻って来た。

すると千波くんが、

「あの……」と源平さんに尋ねた。「ちょっと変なことをお訊きしますけど」

「なにさ」

「その、古い方と新しい方のオートピアノの中に、『靴が鳴る』の曲は入っていますか？」

え？　と源平さんは不思議そうな顔をした。

「ああ。古い方には入ってないけんど、新しい方には入ってるよ。何せ、四百曲くらい入ってるのさ。童謡なんかはその他に『赤蜻蛉』とか『故郷《ふるさと》』とか『ペチカ』なんかも入ってるのさ。『ペチカ』なんかは懐《なつ》かしいねえ。おたくの家もどうかね。簡単に設置できるよ。値段は張るけんど」

「ちなみにそれは、いつ新しい物に取り替えられたんですか？」

「そうね……十日くらい前だったかなあ」

というと──。

ちょうど女の子たちが『靴が鳴る』を耳にした頃じゃないか。ということは、やっぱりこのオートピアノの調子が悪くて、勝手に鳴りだしてしまったってことか！

それならば、話の辻褄《つじつま》が合う。

なあんだ。

幽霊の正体見たり——ってやつじゃないか。

その理由が分からなくて、ポカンとしている源平さんたちの前で、慎之介や古都里ちゃんたちと笑っていると、

「そうだったの！」

ぼくらの斜め後ろから黄色い声が上がった。

「それじゃ、私たちがあの曲を聞いたのは、そのオートピアノが壊れていたからだったの」

え。

あわてて振り返ると、そこにはお揃《そろ》いの黄色いジャンパーを羽織った女の子たちが三人座っていた。どこかの同好会らしかった。

「なにい？」慎之介が、彼女たちに向かって尋ねる。「きみたちが、この部屋から流れる『靴が鳴る』を聞いた三人組か」

ええ、とロングヘアーの女の子が答えた。

「そうなんです。放課後、この近くを歩いていたら……」

彼女たちは、真由美《まゆみ》・里美《さとみ》・克美《かつみ》の仲良し三人組だという。なんだなんだ、なんて皆で騒ぐ。すっかり幽霊のせいだと思っちゃって——。

「どういうこと？」

と尋ねる源平さんに、ぼくらは簡単に説明した。もちろん栗梨桃子さんの事件のことは話さなかったけど、急にピアノの音が聞こえてきたから、彼女たちがびっくりしちゃったんだってね。

「ダメよ、おじさん」妹が叱る。「ちゃんと直ったの？」

「ああ」と源平さんは頭を掻きながら謝る。「もう、直ったのさ」

「どんな曲が流れちゃったの？」

「『靴が鳴る』だから――ええと――」源平さんは、スイッチを入れた。「これかな？」

ピアノからは、明るく弾んだメロディが流れてきた。妹も、千波くんのシャツを破れそうなほど引っ張ってはしゃいだ。本当に可愛らしいね、なんてぼくが笑いながら彼女たちを振り返ると――。

「違う……」

えっ。

「これじゃない……」

「は？」源平さんも首を捻った。「しかしこの機械に『靴が鳴る』は、これしか入ってないのさ」

「でも……全然違う」今度はショートヘアーの子が、青ざめた顔で言った。「こんな明るいメロディじゃなかった……もっとこう……」

「たどたどしく、暗かった……」

「止《や》めてよ――」ぼくは、ひきつったまま三人に言う。「じょ、冗談でしょ？」

「冗談じゃない。本当に、こんな曲調じゃなかった」


またしても、沈黙が部屋を支配した――。


ぼくらはお互いに顔を見合わせる。すると、

「バッ、バカな！」たまらずに慎之介が叫んだ。「それは聞き間違い……気のせいだろう。おそらく、何となくそんな雰囲気で――」

「絶対に違う」カールヘアーの子も言う。「聞き間違いじゃない。こんなに明るくなかった。だってその時……背中が、ぞっとしたもの……」

弱っちゃったね。

そしてもう一度沈黙があった後、音楽室は大騒ぎになっちゃったんだ。源平さんたちはもう帰り支度をしていたのに、女の子たちに詰め寄られて「知らないのさ！」なんて答えていたけど全く解放されず、もう一人の男性は嬉しそうに「いやいや、ははは」なんて笑って、慎之介はまた青ざめた顔で「バカな、バカな」って繰り返すばかりで、古都里ちゃんも丸い顔を丸い手で押さえちゃって、海月ちゃんは相変わらず「え？」って不思議そうな顔をしてるしね。

そのうち、ポツリポツリと観客も集まってきて、一体何事が起こったのか、それぞれに噂を始めちゃって、ますます騒動が大きくなってしまったんだ。

出演者と女の子たちがあそこで揉《も》めている、どうやら別れ話のもつれらしいとか、いやいやあそこにいるイケメンの男の子（千波くん）が絡んだ三角関係の話だとか、それが理由で殺人事件が起こったんだとか、そういえば昔にそんな話を聞いたことがあるとか、今日もさっきピアノの中から死体が発見されたんだとか、もうすぐワイドショーのカメラが入るから今のうちに化粧を直しておいた方がいいとか——。

もう無茶苦茶になっちゃった。

そこに花水木先生や、他の教授や、理事長なんかの大学関係者もやって来たんだけ

ど、全く収拾がつかなくなっちゃってね。それで花水木先生は、近くにいた学生から話を聞いていた。すると、急に顔を硬くして、

「すみません、みなさん！」

と音楽室の正面に進み出て大声で言った。

「申し訳ないのですが、コンサートの開始時間を少しだけ遅らせていただきます」

確かにこんな状況じゃ、誰かが演奏するといっても、かなり無理があったろう。若い頃のベートーヴェンや、若くなくてもカルロス・クライバーならば、憤然と席を蹴《け》って出て行ってしまうだろうね。

ざわつく音楽室を背にして、花水木先生と理事長や教授たちが、源平さんや例の女の子三人組と、ひそひそ話をしていた。そしてそれを遠巻きにして、ぼくらは様子を窺《うかが》っていた。というのも、妹が源平さんのシャツの裾《すそ》を握り締めて、その仲間に加わっていたからだ。

「一体これはどういうことなんですか？」

今の時代に珍しいほどべったりとポマードを付けた理事長は、皆に問いかけた。

「何がどうなったというんですか」

そこで女の子たちが『靴が鳴る』の話をした。この部屋には、昔亡くなった栗梨桃子さんの幽霊が出る——。

「馬鹿げた話ですな」理事長は嗤った。「きみたちの聞き間違いでしょう」

「違うんです！」

女の子たちは再び大声でそれぞれ主張し始めた。

「信じられないけど」

「本当です」

「心霊スポットみたいだったんです」

「あっ。それって良いかも」

「そうそう！　どこかに投稿したら？」

「専門の雑誌とか、テレビ局とか」

「キャッ、すてき。私たちも出ちゃったりして」

「夜のデートスポットなんていって」

「超有名になるかも」

「でも恐すぎて、受験生減ったりして」

「そんなこと、私たちには関係ないって」

「まっ、待ちなさいっ」

たまらずに理事長が叫んだ。

「は、花水木先生！　何か言ってあげて！」

ところが花水木先生は急に真剣な顔になってしまって、いきなり、

「すみませんでした……」

と素直に頭を下げた。

そして、えっと驚くぼくらの前で、意外なことを言う。

「この騒動の原因は……全て私にあるんです」


「何で？」

「どうして？」

「どういうこと？」

すると先生は、

「はい……」

と静かに答えて、俯《うつむ》いたまま口を開いた——。

花水木先生には、今年五歳になる「太郎」くんという息子さんがいるという。フルネームでいえば「花水木《はなみずき》太郎《たろう》」くんだ。先生も旦那さんも、太郎くんをとっても可愛がっていたのだけど、先生はつい最近離婚してしまったらしい。そこで太郎くんを引き取って、自分一人で育てることにしたという。

普段は家の近くの「神保《じんぼ》神社保育園」に預けているけど、どうしてもその日だけは保育園の都合で、太郎くんを早く迎えに行かなくてはならなかったらしい。そこで就業中だったにも拘わらず、仕方なく太郎くんを迎えに行き、大学の規則を破ってこっそりと自分の部屋——音楽室にいさせたそうだ。

もちろん、そんなことは誰にも言うわけにもいかず、全ての授業が終了するまで、音楽室の控え室にいるように言い聞かせておいたという。

ところが、その日たまたま理事長に呼ばれたために、太郎くんには決して騒がないようにと強く言って、自分は部屋に鍵を掛けて出かけた。しかし、まだ五歳の太郎くんは退屈してしまい、つい保育園で習っている歌——『靴が鳴る』を弾いて遊んでしまったのだという……。

「なあんだ」

「でも……あの時、グランドピアノの前には誰も座っていなかったんですけど……」

女の子の言葉に、花水木先生は苦笑いした。

「ロールアップピアノがあるでしょう」

「ああ……」

なるほどね――。

ロールアップピアノっていうのは、見たことがある人も多いだろうが、スピーカーとスイッチ、そして鍵盤だけのピアノで、持ち運ぶ時にはクルクルと巻ける楽器だ。重さも一キロもないから、ソフトケースに入れればどこにでも運べて、いつでもどこでも演奏できるっていう優れ物だ。

それを――、と女の子は言った。

「私たちが耳にしたっていうことなんですね！」

ええ、と先生は頷く。

「多分、そうだと思う……」

これも、聞いてみれば何ということもない話だったね。幽霊でも何でもない。

だから皆で何となく納得して脱力していると、

「あの……花水木先生……」

いつの間にいたんだろう、ぼくらの後ろからランラン先生が声をかけた。

「は、はい。何でしょうか、嵐山先生？」

「一つだけ、お訊きしても良いかしら」

「はい……」

「あなたが、太郎ちゃんを校内に連れて来られたのは、その日、一日だけ？」

「え、ええ」と花水木先生は、頷いた。「もちろん、その日だけです」

「本当に？」

「誓って本当ですが……それが何か？」

するとランラン先生は、今度は源平さんに向かって尋ねた。

「ねえ、あなた」

「は、はい？」

「あのオートピアノに入っている『靴が鳴る』は、本当にさっきの曲一種類なの？　違うバージョンの曲、入っていない？」

「ほ、本当なのさ。入ってねえってば」

「……でも、古いバージョンのオートピアノには、入っていたんでしょう。さっきと違うバージョンの『靴が鳴る』が」

いいや、と源平さんは首を横に振った。

「さっきもあの子たちに言ったけんど、古いバージョンのオートピアノには『靴が鳴る』そのものが入っていないのさ」

「嘘！」

「どうして俺が嘘を言わなくちゃならないのさ」

「じゃあ、あなたの勘違いじゃない？」

「勘違いなんかじゃないのさ。嘘だと思ったら、内蔵曲の一覧表を見せてあげるさ」

その答えを聞いてランラン先生は、フラッとよろけた。しかし、

「でも！」と再び詰め寄る。「でも、花水木先生は『靴が鳴る』が入っていたって言ったのよ、学生たちに向かって」

「ごめんなさい」

花水木先生は、困ったような顔で謝った。

「あの時は、私が嘘を吐《つ》いてしまったんです。できれば、太郎のことを隠したかったもので……」

「そんなこともあって——」千波くんが、静かに口を挟んだ。「新しいプレイヤーに交換する際に、『靴が鳴る』が入っているバージョンを選択されたんですね」

「そんな！」

ランラン先生は叫んだ。

「じゃあ……それじゃ、あの時私がここで聞いた『靴が鳴る』の曲は、一体何だったっていうのよ！」

ヒステリックに叫ぶと、その場にヘナヘナと崩れ落ちてしまったんだ。

そして両手で顔を覆うと、呟くような声で言った。

「警察を……呼んでください。助けて……」

3

結局、栗梨桃子さんの事件は、ランラン先生が深く関わっていたらしかった。

そして、先生の話はこうだった。

入学してすぐに自分を訪ねてきた桃子さんを、先生は一目ですっかり気に入ってしまったらしい。そこで自分が顧問をしている「英米文学研究会」に入会させようとした。その場で素直に誘えば良かったんだろうけど、屈折した女性心理が働いたんだね。いや、ぼくも何となく分かる気がするよ。先生は、鳥部野独郎さんを使って、彼女を勧誘することにしたんだという。彼も、入学当初からランラン先生に憧れていたらしいから、先生の言うことならば何でも聞いた。

しかしやはりそれが裏目に出てしまい、桃子さんは入会を断ってしまう。そこで仕方なく先生は、彼女と直接話したが、もうその頃には桃子さんも、何か不穏な空気を感じていたらしくて、入会をきっぱりと拒絶した。

その返答に逆ギレしてしまったランラン先生は、今度はこっそりと桃子さんをつけ回した。誰か、変な入れ知恵をした学生でもいるんじゃないかって思ったらしい。疑心暗鬼になってしまったんだろう。

つまり、桃子さんを追っていた怪しいストーカーっていうのは、鳥部野独郎さんではなくて、ランラン先生その人だったっていうわけだ。

事件のあった当日も、ランラン先生は「もっとゆっくり話し合いましょう」なんて言いながら、桃子さんをつけ回していたという。さすがに桃子さんも恐怖心を抱いて、校舎内を逃げた。

そして音楽室に逃げ込んで、ピアノの蔭にこっそりと身を隠した。

ところが、ランラン先生から見えにくい方に移動しようとした時に、履いていた「靴が鳴」ってしまって発見された。笑いながらゆっくりと近づいてくる先生から逃げて、誰かに助けを求めるべく窓から身を乗り出して叫び声を上げようとした時、しっとりと雨に濡れていた鉄柵に手が滑り――墜落してしまったのだという。

ハッと我に返ったランラン先生は、すぐに校庭に降りたけど、既に桃子さんは息がなかった。そこで自分のしてしまったことの重大さを痛感したと同時に、桃子さんが余りにも可哀想になって、思わずそっと自分の上着を彼女に掛けてあげた……。

多分、そんな経緯を全て鳥部野独郎さんは見ていたのではないかという。そこで彼は、非常にショックを受けて、しかし誰にも何一つ口を開くこともなく、黙って自主退学したらしかった。

その後――。

ある日、ランラン先生が何気なく音楽室の前を通ると、部屋の中から『靴が鳴る』のメロディが、たどたどしく、そして沈鬱《ちんうつ》に流れてきたのだという。

誰か子供でも入り込んでピアノを弾いているのかと思ったけど、突如として恐怖を覚えて立ち止まり、廊下の窓から中をそっと覗いた。

ところが、ピアノの前には誰の姿もなかった。

しかしメロディは、暗く延々と続く……。

ランラン先生は恐ろしくなって、走って逃げ出した。幻聴だとは思ったものの、もう足が止まらなくなってしまったらしい。そして二度と近づくこともなかったけど、今度は女子学生三人が『靴が鳴る』を聞いたという噂が広まった。そこでいてもたってもいられなくなり、かといって一人では近づけず、今回のピアノコンサートに足を運んだのだという。

でも……。

女の子たちが耳にしたのは、花水木太郎くんが弾いたロールアップピアノだっていうことは判明した。

じゃあ、ランラン先生が聞いたのは、一体何の音だったんだろう？

ピアノコンサート終了後、その日は昼過ぎから物凄い雷雨になった。そこでぼくら――妹と千波くんと慎之介とぼくは、小岩駅前の喫茶店「田園《でんえん》」で雨宿りをすることにしたんだ。

「なあ、どう思う？」ホット・チョコレートを飲みながら、ぼくは尋ねた。「ランラン先生の時は、本当に音楽室から『靴が鳴る』が流れたのかな？」

「つまらない話は止めろ」慎之介は煙草に火をつける。「気のせいに決まってるだろうが。なあ、青年」

「そうですね……」

千波くんは、膝の上に妹を抱いたまま答える。妹は一心にチョコレート・パフェを食べていてね。たまに千波くんに向かって「あーん」なんて言って分けてあげようとするんだけど、うまく口に入れられずに、千波くんの口の周りはチョコとクリームだらけになっちゃってた。

「結局それは、ランラン先生の罪の意識が引き起こした幻聴だったんでしょうね。夜道に、自分が殺してしまった人間の影が見えた……というような」

「そういうことだ」

「悪いことをしてしまったという後悔や懺悔《ざんげ》の意識と、その相手に恨まれているはずだという気持ちから、現実にはありもしない音を聞いてしまったんでしょう。もしかしたらそれは、単なる風の音や物が倒れるような音だったのかもしれません。それが『靴が鳴る』に聞こえた」

「そうそう。あの歌の歌い出しなど、イスが転がる音にそっくりだ」

「そうかなあ」

「そうだ」

「でもさ、慎之介」ぼくは窓の外を見た。「ランラン先生が告白してから、いきなり凄い雨だし、何か近くで雷も落ちたようだしさ。これも、桃子さんの霊が声を上げてるんじゃないか。まるで――」

「バッ、バッカだねえ、八丁堀は」慎之介はあわててぼくの言葉を遮《さえぎ》った。「万々が一、これが桃子さんの霊の仕業だとしても、逆だろう逆。ランラン先生は警察に行って全部話すって言ってるわけだし、花水木先生の件も片づいたし。桃子さんの霊が怒る理由は何もない」

まあ確かにその通りだろう……。

そしてぼくらは、雨が上がるのを待って、久しぶりに大空に架かる虹なんかを眺めながら家路についたんだ。

そういえば――。

ぼくは妹が慎之介とはしゃぎながら歩いているのを良いことに、千波くんにそっと尋ねた。

「あ、あのさ……さっきのダ・ヴィンチの詩の件なんだけど」

「はい？」

「何語だかも分からないのに、どうして妹は歌えたの？」

ああ、と千波くんは微笑んだ。

「ローマ字読みしたんですよ。ローマ字ならば、もう習ってるでしょうから」

「ローマ字？」

「はい、こんな風に。『レ・ソ・ラ・ミ・ファ・レ・ミ……』って」

あっ。

そういうことか――。

「五百年も前にこんなことをして遊ぶなんて、ダ・ヴィンチはやっぱり素敵ですね」

そう言うと千波くんは、雨上がりの風のように爽やかに笑った。

＊

翌日──。

ぼくは、どこかでハンカチを落としてしまっていたことに気づいて、ふと思って音楽室に行った。何度も立ったり座ったりしていたから、その時にポケットから落ちちゃったんじゃないかと思ってね。

幸いなことに、扉に鍵は掛かっていなかったから、ぼくはすんなりと部屋の中に入れた。そして昨日、ぼくらが腰を下ろしていた辺りの床に、ぼくのオレンジ色のハンカチを見つけた。良かったよ。これでも結構高かったんだから。

ぼくはそれを拾って、何の気なしにピアノに向かって軽くお辞儀をしたりなんかして廊下に出た。

すると背後から、ゆっくりと『靴が鳴る』のメロディが聞こえてきたんだ。昨日この場所で聞いたのと同じ、とっても明るいメロディだった。

何だ──とぼくは笑ってしまった。

まだきちんと修理できていなかったんじゃないか。というより、あの時は大騒ぎになっちゃったからね。その後のコンサートがやっと開かれたっていう状況だったから、仕方なかったんだろう。

なんて思いながら、くすくす笑って校庭に降りると、またしても「ハマ屋」の紅白源平さんがいた。

「やあ、昨日はどうも」

なんて声をかけられて、ぼくも挨拶する。

「どうも。今日はどうしたんですか。ああそうか、また修理でしょう」

そうなのよ、と源平さんは照れ笑いした。

「昨日さ、凄い雷だったでしょ」

「ええ。久しぶりに物凄かったですよね。ここらへんにも落ちたって」

「そうなのさ」源平さんは、うんうんと頷く。「それでね、またあのオートピアノが壊れちゃったって連絡が入ったのさ。それで今、修理中」

「うん。調子悪いみたいでしたよ。今、また勝手に曲が流れてました」

ははは、と源平さんは大口を開けて笑った。

「流れるわけないっしょ。だって、全く電源が入らないんだから」

「えっ」

「いくら鍵盤叩いても、全く反応しないのさ」

「で、でも今――」

「だからさっき、取りあえずスイッチも全部切ったしね」

「…………」

「いや、もう大変なのさ。最初から全部やり直しでさ。あれ、どうしたのさ？　きみ、やけに顔色悪いんじゃないの」

千葉千波の怪奇日記・
学食の怪

箸が転ぶ

1

最近レストランやお寿司屋さんなんかで、ここは三つ星だとか、二つ星だとかのランク付けが流行っているみたいだ。

もともとは、外国の企業が始めたことらしいんだけど、これはどうかと思うよね。というより、ぼくにしてみれば想像を絶する出来事だ。

だって、いくら有名な人たちが「美味しいですねえ」と言ったところで、それをぼくも美味しいって感じるとは限らないじゃないか。普段からいつもキャビアや、フォアグラや、トリュフなんかばかり食べてるような人とぼくじゃ、そもそも「美味しい」っていう基準が違うだろう。

といっても、これは負け惜しみなんかじゃなくってさ、正直言うとぼくは、子嚢菌《しのうきん》類《るい》のトリュフよりも、愛らしいシメジやエノキダケの方がずっと美味しいと思うし、小さくて塩辛くて暗黒の色をしたキャビアよりも、明るいオレンジ色に輝くイクラが好きだし、その製造過程を聞いたら絶対に口にしたくなくなってしまうようなフォアグラよりも、天然の健康的な鮟肝《あんきも》の方がきっと何十倍も美味しいと思う。

それが何故、他人から「美味しい」「不味《まず》い」なんて色々と決められなくちゃならないのか、そこがどうしても分からない。好き嫌いなんて、全く個人的な感想じゃないか。例えば、赤の他人からいきなり、

「あなたの彼女は、星一つです」

なんて言われたら、大きなお世話だふざけるな、って怒っちゃうよね。

こんな失礼な言葉にも怒らないっていう心の広い人だけが、勝手にランキングをやってれば良いと思う。

まあ、ぼくなんかは一般の人たちからみれば、凄くひねくれてるのかも知れないけどさ。でもぼくは、歌でも本でも映画でも、大人気ですっていわれた物で、面白いって思った作品が今まで一つもないんだよ。これは、ランキング主催者の罠《わな》なんじゃないかっていつも思っちゃう。確かにぼくの趣味はそんなに人に自慢できるほど素晴らしいとは思ってないよ。でもどうしてか、いつも人とは、ちょっと違っちゃうんだ。

いや――。というよりも逆に、変な思い込みの強すぎる人たちが意外と多いんじゃ

ないかね。だからそういったランキングがたくさんあるんだよ、きっと。あそこは星三つだから絶対に美味しいはずだとか考えちゃってさ、ただ高いだけなのに満足して帰ってくるとかね。

実はそんな思い込みっていうのは、とっても恐ろしいんだ。

たとえば昔は、虫歯の中には「虫」がいて、歯をガリガリとかじっていると本気で思ってたらしい。そして一度そんな噂が広まってしまうと、

「虫歯の原因の虫を退治すれば、虫歯は治る」

なんて話まで出ちゃってさ、ニラを蒸したその蒸気を耳に入れて、虫歯の虫を追い出そうとしたらしいし、しかもその虫を引っ張り出してみたら、三センチほどの糸のような形をしていた――とか、ムチャクチャな話が昔の本に真面目に載ってる。

これも一種の思い込みが見せた幻だろう。全くありもしないモノが、あたかもそこにきちんと存在していたように感じちゃうってわけだ。

だから、そんなことにならないように、ぼくらも普段から気を付けていないといけないね。

「それが――」

と慎之介《しんのすけ》は、とても冷ややかな目つきでぼくを見た。

ぼくらは初夏の日差しの中を、ゆっくりと学食に向かって歩いている。まだ昼休み少し前なので、学生の姿はそれほど多くはない。

慎之介は言う。

「その話とお前——八丁堀《はっちょうぼり》が物凄く餃子臭《くさ》いというこの悲惨な現実と、一体どこでどう繋がるというんだ？」

「い、いや、つまりね。この世の事象は全て個人個人の主観に由来しているもので、果たしてそれが事実かどうかなんてことはさ——」

「事実であり現実だ。リアリティでありエネルゲイアだ」

「そ、そんなことはないよ！　それはあくまでも慎之介の主観や思い込みによるものであって、現実は——」

「八丁堀」

「えっ」

慎之介は、奴の顔を見上げたぼくの耳たぶを、いきなりちぎれるかと思うほど強くつねった。

「いっ、いててて！　なっ、何をするんだよ急に」

「分かっただろう。これくらいの現実だ」

「…………」

ぼくは黙ってしまったんだけど、ここで三点ほど補足説明が必要だろう。

まず、ぼくの隣で顔をしかめながら歩いている大男の名前は、饗庭《あいば》慎之介。

高校の同級生で、卒業後は仲良く一緒に浪人して代々木の予備校に通い、そして今は、これまた同じ大学に通っている。東京下町屈指《くつし》の名門校、国際江戸川《こくさいえどがわ》大学だ。

しかし慎之介といったら、通っていた予備校でも殆ど授業に出ていなかったことで有名な男だ——但し近くのビリヤード場には、ほぼ毎日顔を出していた。そしてこの「ほぼ毎日」というのは、正確に言えば「予備校が休みの日以外は毎日」という意味だ。まあそんな男が、ぼくと同じ大学に合格できたっていうのも、幸運以外の何物でもないと思うよ、本当に。

そしてぼくがこの大学の文学部に、奴は国際学部ネパール学科に入学した。もっとも今はまだ一年次だから、教養課程でしょっちゅう顔を合わせてる。

顔を合わせてるのは良いんだけど、とにかく奴のファッションときたら昔から最悪で、その広大な面積を持つ顔と鷲《おおとり》神社の熊手のような手以外の全ての部分を、いつも真っ黒な洋服で包んでるんだ。

今日もそうだ。黒いTシャツ、黒いジャンパー、黒いパンツ、黒いベルト、黒い靴下、黒いスニーカー……って、こうやって並べてるだけで、どよーんと気が滅入ってしまうようなファッションなんだよ。しかもこれは、高校時代からずっと同じでね。だからいつも奴の人生は黒星だらけなんだね、きっと。

そして第二の点。

ぼくの名前は「八丁堀」じゃない。八丁堀というのは、ぼくの住んでいる場所——実家のある街の名前だ。そこは東京の下町でね。築地《つきじ》なんかにも近いし、とっても良い所だよ。今は立派なビルがどんどん建っちゃってるけど、ちょっと裏道に入れば、まだまだ昔の面影が残ってるし、昔からある焼鳥屋さんに入れば、地元のおじいさんなんかが午後四時頃からすっかり酔っ払っちゃってて、

「てやんでい、べらぼうめ、今何時《なんどき》だい？」

なんて怪気炎を上げてる、本当に素敵な街なんだ。

ちなみにぼくの名前は、こんな場所でわざわざ発表するほどのこともないと思うから、ちょっと省略しておこう。

そして最後の点——。

ぼくが餃子臭いっていう話なんだけど……確かにこれは全否定しづらい。というの

も昨夜、餃子を四人前も食べちゃったからだ。何しろ宇都宮《うつのみや》に住んでる親戚のおばさんが、餃子を十五人前くらいお土産に買って来てくれてね。思わずぼくはぺろりと平らげてしまった。だから、多少ニンニクやニラの臭いがしてたかも知れない。

「しかし……」慎之介は再び顔をしかめる。「多少どころではないな、全く」

「な、なんだよ！　そう言うお前だって、プンプン臭ってる」

「涼しげなミントか？　それとも甘いフローラル？」

「バカを言うな！　酒臭くてたまらないよ！」

「そうかな」

奴はクンクンと自分の真っ黒な二の腕のあたりを嗅いだ。

「全く臭わんぞ。単なる思い込みじゃないのか？」

「だから！　自分じゃ分からないんだよ。隣を歩いてるだけで酔っちゃいそうだ」

「ふん」

「しかもこれはジンじゃないか？　ネズの実の臭いだ」

「おう、それは爽やかかな」

「ちっとも爽やかじゃない！　それに昼前だっていうのに、どうしてそんなに酒臭いんだよ？」

「ああ……」

慎之介はユラリとぼくを見た。ちなみに奴は、漆黒の長髪を頭の後ろで結わえているために、その髪も一緒にユラリと揺れた。

「実は、剣道部に入ってな」

「え？」

「昨日、入部した」

確かにこいつは、高校時代に剣道部の副将を務めていた。背も人より無駄に高いし、腕も不必要に長いから、試合では強かったのも事実だ。それに、いつも黒一色の剣道着だったから、相手から見難《みにく》かったっていう理由もあっただろう。

「それで、剣道部の先輩たちに呼ばれて、少し飲んだ」

「どこでさ？」

「最初は本八幡《もとやわた》の居酒屋だったんだが、最後は主将の素成蘭三《そせいらんぞう》さんのアパートに連れて行かれてしまった。そしてそこで、ジンを一本空けた」

「ジンを一本？　みんなで？」

「いや。二人で」

「バカな！　ジンって、確かアルコール度数が五十度近くあるんじゃないのか？」

「そんなにはないぞ。四十七度だ」

「それにしても、一本が七百二十㎖入りとすると……単純計算して、純粋なエタノールを一人で百八十cc くらい飲んだってことか！」

「そんなには飲んでいないな。せいぜい百七十cc 程度だろう」

「どうしてまた、そんなに飲んだんだよ」

「イギリスの話題で盛り上がってな」

「イギリス？」

うむ、と慎之介は偉そうに胸を張った。

「ビーフィーター・ジンの名前の由来は、ビンのラベルに画かれているように、ロンドン塔の衛兵隊――ヨーマン・ウォーダーたちだ。そして彼らは親衛隊であると同時に、王の毒味役を兼ねていたということらしいぞ。つまり『beef eater』だったそうだ。日本で言う『鬼食い』ってやつだな。実に大変な仕事だ」

「……それが？」

「まあ、そんな話で盛り上がった」

「……女王陛下や、シェークスピアや、ディケンズや、シャーロック・ホームズや、ロンドン塔や、バーミンガムや、ドーヴァーや、エディンバラの話じゃなく？」

ああ、と慎之介は頷いた。

「大体、そんな場所に行ったことがない。俺も蘭三さんも」

何が「イギリスの話題で盛り上がった」だよ。ただ単に、酔っぱらいの酒飲み話じゃないか。ことほど左様に、この男はバカで、全くどうしようもない。

でもまあとにかく、そんな話をしながらぼくらは学食へとやって来た。

まだ昼休み前だから中は空いていて、次の講義の予習をしている学生、ただキャアキャアと子供みたいに喋って時間をつぶしている女子たち、テーブルに突っ伏して寝ている男子、パソコンを開いてただ黙々とネットのゲームをしている奴——。

みんなそれぞれ、思い思いの時間を過ごしていた。

ぼくらは、その大きな温室のような部屋をぐるりと見回す。

すると、

「こっち、こっち！」

真ん丸な体型の女の子が体を伸ばして、ハムソーセージみたいな腕を振り回して叫んだ。その隣では、眼鏡をかけたスリムな女の子が、イスに腰を下ろしたまま自分の胸のあたりでヒラヒラと手を振る。

この二人は、慎之介と同じネパール学科の一年生で、丸っこい子は、奈良古都里《ならことり》ちゃん。そしてその隣の物静かな子は、水無月海月《みなづきみづき》ちゃんだ。

この変な名前の女の子たちと、ぼくらは入学式以来何となく一緒に遊んでる。いや、遊んでるといっても、授業が終わってみんなで小岩《こいわ》駅前の居酒屋に行くという程度だけどね。ちなみにその店は「ちの利《り》」っていう、これまた変わった名前なんだ。もちろんこれは「天の時、地の利、人の和」からきてるらしい。でも、さすがに「ちのり」だけで単独で聞くと、ちょっと誤解しかねない名前だよね。

ぼくらは取りあえず席の確保の意味で、彼女たちの前に自分の荷物を置いた。今日は午後から同じクラスがあるんだ。だから、一緒にお昼を食べてから出席しようって約束してた。

でもぼくらが話しかけると、

「…………」

二人は珍妙な顔つきでぼくを、そして慎之介を見た。

「どうしたの？」

尋ねるぼくに古都里ちゃんは、

「げ……」と顔をしかめる。「臭《くさ》……」

失礼なことを言う。

そこで一応「うっ」と口を押さえるぼくの横で慎之介が、

「そうなんだよ」思い切り困った顔で答えた。「全て八丁堀の体から発している臭いなんだな、これが。全部が全部だ。餃子を食べ過ぎたらしい。あとお酒も飲んだんじゃないかな」

「ちょ、ちょっと慎之介――」

「えええ？」古都里ちゃんはぼくを睨む。「今日、レディに会うことを知ってたのに、どうしてそんなデリカシーがないのよ」

「い、いや、それは――」

「朝っぱらから飲んだの？」

「ち、違うってば！　それは――」

「どうしようもない男なんだが」慎之介が大声で割って入った。「ここは一つ、この俺に免じて許してやってくれないか。本当に何を考えているのか、理解不能だ」

「しっ、慎之介――」

「もう口を開くな！」

慎之介はぼくの口を大きな手で塞ぐ。

「こうして俺が代わりに謝ってるんだから」

「優しいのね」

古都里ちゃんは慎之介を見て微笑むと、次に、

「あんた、ぶっとばすよ本当に」

ぼくに言った。

まいったね。

この子の外見は、雪だるまかマトリョーシカみたいに丸々としているんだけど、口癖はいつも「ぶっとばす」とか「吊す」なんて物騒なものなんだよ。

「許せないよね、本当に！」

古都里ちゃんは、隣の海月ちゃんを見た。でも彼女は、

「え？」

と答えただけだった。

この子もちょっと変わった子でね。何を話しかけても、大抵は「え？」としか返ってこない。それ以外の答えを聞くことは、殆どない。でも、たまにはきちんと受け答えをしたりするから、おそらく工事現場でアンモナイトを発見するくらいの確率で会話が成立する。

でも、今回ばかりは素敵な答えだった。おかげで会話が途切れて、ぼくらは昼食を選びに移動したんだ。

古都里ちゃんと海月ちゃんはナポリタンを、ぼくは少しでも臭いが緩和されるんじゃないかと思ってカレーライスを、そして慎之介はB定食――ポークピカタとパスタとライス――と天ぷらうどんの大盛りを買って、席に戻った。

「そういえばさ」

古都里ちゃんが、パスタを目一杯頬張《ほおば》りながら言った。普段よりもさらに頬がふくらんで、完全にバレーボールみたいになっちゃってた。オカメのお面なんかを隣に並べたら、ずいぶんと頬がこけて見えるだろう、もちろんお面がだ。

当然そんなことは、これっぽっちも口には出さなかったけどね。間違いなく、ぶっとばされちゃうから。

古都里ちゃんは続ける。

「ここの学食の話、聞いてるでしょ。『麻里《まり》ちゃんの呪い』」

「ああ……」慎之介は、かきあげとパスタを同時に口に運ぶ。「少しはな」

「恐いよね……」

古都里ちゃんは顔をしかめると、学食の一番隅のテーブルに、そっと目をやった。そこは学食の出入り口からも、大きなガラス窓の向こうに広がる庭からも一番遠い場所で、よほど満席にならない限り誰も座らない場所だった。そしてテーブルの片隅には、小さな花ビンに花が何本かいけられてる。

そうなんだよ。

実はここ「国際江戸川大学」には「江戸川大学七不思議」――通称「江戸《え ど》七《しち》」と呼ばれてる伝説がある。

美術室に掛かっていた肖像画が笑ったとか、体育館の壁に文字が浮かび上がったとか、誰もいないのに音楽室のピアノが鳴ったとか、それはもう身の毛もよだつような話ばかりなんだ。そして、この学食にまつわる話もある。それが、あの誰も近づかないテーブルに関係してるんだ――。

もう何十年も前の話らしい。

この学食がまだ出来たての頃、いつもあのテーブルに一人で腰を下ろしてチキンライスを食べてる男子学生がいた。鵺ヶ森《ぬえがもり》伏郎《ふくろう》っていう名前の、とっても陰気で、いつも鬱々としているような男子だったらしい。だから友だちもいなくて、いつもたった一人で黙々と食べていたというんだ。

しかも変わってることに鵜ヶ森さんは、学食のスプーンや割り箸は使わずに、きちんと自分用の塗り箸を持参して、必ずそれを使って食べていたらしい。

チキンライスを箸で食べるっていうのも、ちょっと変わってるよね。ぼくの従弟にも、ごはんを食べる時に一度に五、六粒しか口に入れないっていう子がいるけど、おそらくそんな感じだったんだろう。

そして、とあるしとしと雨の日。

鵜ヶ森さんは例によって、一人でボソボソと昼食を摂《と》っていた。ちょうど留年が決定した日だったらしい。だから、いつもにも増して鬱々と食べていたという。

ところが、何の拍子か——雨で手が濡れたままだったんだろうか——鵜ヶ森さんは、自分の箸を取り落としてしまった。箸は、テーブルの下に、カラリと転がった。

すると、たまたま近くの席に座っていた、沖麻里《おきまり》っていう女の子が、

「うふふっ」

って笑ったらしい。

但しこの笑いは、鵜ヶ森さんに向けられたものなのか、単に友だちとの会話の中での笑いだったのか、それとも箸が転んだだけでも可笑《おか》しい年頃だったからか……それは分からない。

沖麻里さんは、もともと陽気な女の子だったたっていうからね。でも、さっきも言ったような、何でもかんでもいちいち大声を張り上げて、忙しく立ち働いてる人たちの注目を集めようっていうタイプじゃなかったみたいだ。だからきっとその時も、鵺ヶ森さんを笑ったわけじゃなかったんだろう。

でもその笑い声に鵺ヶ森さんは、サッと顔色を変えたらしい。自分が笑われたと思い込んじゃったんだ。

思い込みっていうのは、ほんとうに恐い。

そこで彼はイスを蹴って立ち上がると、いきなり沖さんの後ろ襟をつかんで投げ飛ばした。驚いた友だちが彼を止めようとしたけど、鵺ヶ森さんは大声で「バカにするな！」なんてわめき散らしながら、沖さんに暴力をふるったっていう。

そしてその時、沖さんは運悪くテーブルの角に後頭部を打ちつけてしまって、救急車で病院に運ばれたんだが、そのまま亡くなってしまったという。

一方、鵺ヶ森さんはすぐに失踪《しっそう》してしまい、警察が必死に捜索を始めた。

その結果――。

電車に飛び込んで、自殺してしまったんだ。

それ以来、あの席には誰も近づかなくなったという。雨の日には、沖さんとも鵺ヶ森さんとも分からない、低く不気味な笑い声が聞こえてくるとか言われてね。恐ろしい話だよ。

でも、話はこれで終わりってわけじゃない。

数年前、ここに新入生の女の子たちがやって来た。ぼくらより、少し上の先輩たちになる。

「文学部の人たちでしょう」古都里ちゃんは声をひそめる。「落っこちくんと同じ学部の先輩じゃないの？」

ここでまた、ちょっと説明が必要だろう。

ぼくの本名はもちろん「落っこち」じゃない。これは、入学式当日に、ぼくが見事に階段落ちをしてしまったという理由によるものだ。ぼくは嫌だって主張してるのに、彼女たちはずっとこう呼ぶんだよ。

「知ってるよ。まりちゃんズ、でしょう」

「うん。そうらしいね」

まりちゃんズ、というのは、その女子学生たちのことだ。

彼女たちは、
水田真理《みずたまり》。

本木茉莉《ほんぎまり》。

飛騨《ひだ》マリ。

っていう、これも変わった名前の子たちでね。三人揃って「まりちゃんズ」なんて言ってたらしい。一昔前にあったバンドみたいにね。

それこそみんな、箸が転んでもおかしい年頃の女の子だったからね。明るく活発で、キラキラしたオーラを発散していてさ。特に水田さんなんかは、何かがあるとすぐに、

「キャッ！　うふふふっ」

なんて嬉しそうに笑うって、キャンパスや学食でも有名だったらしいよ。

よく街中《まちなか》で、いきなり大声を張り上げて笑う女の子っているだろう。何事《なにごと》かと思ってつい振り返ってしまうと、そんな時は大抵が、ああ見なけりゃ良かった――って後悔してしまうような容姿の子だったりすることが多いよね。

でも彼女たちはみんな、わりと可愛らしくて元気溌剌《はつらつ》だったみたいだ。特に飛騨マリさんなんかは、慎之介やぼくみたいな男子が近寄りがたい雰囲気を持っていた美人

だったらしい。しかも三人とも名前が面白かったからね。変てこりんでさ。いや、ぼくも他人《ひと》のことは言えないけど。

とにかく――。

そして彼女たちと、土田《つちだ》干《かん》っていう男子が一人加わって、いつも四人で遊んでいたという。

でも一つ困ったことに、彼女たちは、いつも空いているからという理由から、例のテーブルに陣取っちゃって、しかも面白半分にチキンライスを注文してみんなで食べたりしてたっていうんだよ。

「みんな、鵺ヶ森さんと沖麻里さんの事件の話は知ってたんでしょう？」

「知ってただろう、当然」ぼくは答える。「でも幽霊や呪いなんて、全く信じてなかったんだろうね」

「ダメよね、幽霊は信じなくちゃ。ねえ、饗庭さん」

「あ、ああ……そ、そうだな」

慎之介は、嫌な顔をした。

実をいうとこいつは、お化けや幽霊が大の苦手なんだよ。遊園地のお化け屋敷に行った時なんかも、チケット売り場の前で腰を抜かしそうになっちゃったくらいなんだからね。ただ看板を見て、中から女の子たちの「キャアーッ」っていう声が聞こえてきただけでだよ。もうそこから一歩も動けなくなっちゃったんだ。地面から生えてる、真っ黒い電信柱みたいになっちゃってさ。

「そ、それよりも！」あわてて慎之介が提案する。「もっとこう、楽しい話題にしないか？」

「でもね」古都里ちゃんは、慎之介の言葉を完全に無視して続けた。「あの席で、チキンライスなんか食べちゃダメよねえ、海月」

「え？」

「度胸が良いのにも、ほどがあるって思わない？　そうでしょ、落っこちくん」

そうだね、ってぼくは賛成した。

「でも、ここのチキンライスは確かに美味しかったらしいからね。しかも当時は、三百八十円だったたっていうじゃないか。ぼくもこの間、家族でデパートに出かけたんだけど、中に三つ星レストランが入っていてね。そこのメニューに、チキンライスってあったんだ。思わず興味を惹《ひ》かれて値段を見たら、何と一皿、千三百五十円だって！　信じられないだろう、チキンライスがだよ！　一体どこからその値段が弾き出されるっていうんだよね。チキンライスの相場は昔から五百五十円って決まってるんだ。福神漬けとグリンピースが載ってさ。ぼくが昔、上野《うえの》の国立科学博物館のレストランで食べたチキンライスは――」

「そういう話じゃないでしょう」

「えっ」

「話題を逸らさないで！」古都里ちゃんは、思い切りぼくを睨みつけた。「今少しずつ、自分の話の中に入ってたんだから。あんた、本当に吊すよ」

「あ、ああ……ゴメン」

「しかし」と慎之介が言った。「ここの学食の事件は、単純に食中毒だったんだろう。そう聞いたぞ」

「最初はね。でも、途中からは違うと思う。呪いよ！」

「まっ、まさか」ズルッと、口からうどんを一本落とした。「そっ、そんなバカげたことが――」

「あるのよ！　ねえ、海月」

「え？」

「ほら、この子もそう言ってる」

どういう文脈からその結論が出るのか分からなかったけど、古都里ちゃんは強く断定した。

それはともかくとして――。

「まりちゃんズ」の水田真理ちゃんたちは、その後も何度かチキンライスを注文して食べていた。そしてある日、事件が起こった。食中毒だ。

その日は、たまたま彼女ら四人しか口にしていなかったから、全員すぐに医務室へ、そして病院に運ばれた。ところが本当に運悪く、水田さんだけが亡くなってしまったんだよ。チキンライスの鶏肉から、サルモネラ菌が発見されてね。

その結果、当時の学食の責任者だった、石鍋鉄五郎《いしなべてつごろう》さんも警察に呼ばれちゃって、一時期、学食は閉鎖された。そしてこうやって再開された後も、チキンライスだけはメニューから消えてしまったんだ。

ところが――、

まだまだ話は終わらなかったんだ。

「その翌年に、飛騨マリさんが自殺したでしょう」

「ああ……」

そうなんだよ。

飛騨さんは、自分の住んでいたマンションの屋上から身を投げてしまった。そして「ごめんなさい。許して」っていう一行だけだったけど、遺書があった。しかもそれは、本人の筆跡に間違いないと鑑定されたんだ。

「何か怪しい……」

「しっ、しかし」慎之介が顔を引きつらせながら言う。「それと呪いとは違う話だろうが。悩み多き年頃だったわけだし、そこに友だちを亡くしたショックも重なってだな――」

「そうだよ」これにはぼくも慎之介に賛成した。「仲の良かった友だちを、そんな形で亡くしちゃってショックだったんだろう。分かる分かる」

「本当に分かるの、落っこちくんに？」

「分かるってば」

「でも、今年の初めに、本木さんまで自殺しちゃったでしょう」

これも本当なんだ。

本木さんは、ぼくらが入学する直前に、自分のアパートで手首を切って自殺してしまった。遺書は残されていなかったけど、何日か前から様子もおかしかったってことで、自殺と考えられたんだ。

つまり――。

この三年間で、まりちゃんズの三人は、みんな死んじゃったんだ。

「い、いや、それもまた何というか、青春の――」

ううん、と古都里ちゃんはプルプルと首を振った。

「話はそんなに単純なものじゃなかったみたいだよ」

「というと？」

「実は、水田さんと飛驒さんと土田さんって、三角関係だったたって噂よ」

「三角関係？」

「そうなのよ」

「どういう風に？」

それがね、と古都里ちゃんは、鴨川シーワールドのプールから上がってきたシャチのように身を乗り出した。

「誰が誰のことを好きだったのかは、よく知らないけど、かなり内情はドロドロだったみたい」

「じゃあ、本木さんは？」

「それは……知らない」

「関係ないのに、自殺したってこともないだろうから、色々と悩んでいたのかも知れないな。詳しい話はないのか？」

「私も噂で聞いただけだもの……。落っこちくんの方が詳しいでしょう。教えてよ」

「ぼ、ぼくが？」

「そうよ。知らないの？」

「どうしてぼくが、そんなこと知ってるのさ」

「あなたは本当に、肝心なことは何も知らないのね」

「肝心なこと？　三角関係の話が？」

「それも含めてよ。だって、たった三年の間に、女の子が三人も死んでるのよ。毎年一人ずつ、しかも全員が『まり』ちゃん。これは絶対に……」

古都里ちゃんはぼくらをじっと見た。

「沖麻里の呪いよ」

「そ、それは偶然だろう――」

「違うわよ。私、分かるのよ、饗庭さん」

「そんなバカな……。しかし、その土田さんはまだ元気でいるらしいぞ。今年四年生になったと聞いた。それに、学食の石鍋さんだって、今もあそこで煙草をくわえて働いてるじゃないか」

そうなんだよ。

石鍋鉄五郎さんも一時期とても落ち込んでいたみたいなんだけど、今は復職して頑張ってる。

ちなみに石鍋さんは、今年四十歳くらいになる髭《ひげ》を生やしたおじさんだ。いつもニコニコしていて愛想が良い。もう慎之介なんかとも仲良くなっちゃって友だちみたいに話してるし、慎之介も煙草を忘れた時なんか、一本もらったりしてる。石鍋さんもヘビー・スモーカーでね。一本抜けた前歯の所に、いつも煙草を突っ込んで吸ってるんだよ。

「そういえば、土田さんって今、どうしてるの？」

「知らないよ。会ったこともないし」

「同じ学部でしょう」

「同じっていったって、それこそ噂だけで、一度も会ったことないよ。『江戸七』に巻き込まれたらしいって話だけでさ」

「大体『大江戸雪隠《せっちん》研究会』のメンバーならば、『江戸七』くらい、きちんと知ってなさいよ」

「ちょ、ちょっと今の発言はムチャクチャだよ！　前にも言ったように、ぼくは『大江戸雪隠研究会』じゃなくて『大江戸リサイクル研究会』だ。それに『江戸』の部分だって、表記が一緒なだけで、意味が全然違うじゃないか」

「どっちも同じよ！　何よ、そんなところにばかり細かくて。だからいつも、重要なポイントを逃すのよ。きちんと自分の立地点を確立させなさいよ。ぶっとばすよ、本当に」

「だから、それとこれとは──」

「もう、言い訳ばっかりでイライラしちゃう。こういうの何て言ったっけ、海月？」

「二股膏薬《ふたまたごうやく》」

答えるわけもないと思ったけど、
海月ちゃんが答えた。

その上、微妙にズレてる。

まいっちゃうね。しかも、

「八丁堀の日和見《ひよりみ》主義は昔からだからなあ」

慎之介までズレた発言で加わってきた。そして、そろそろ混んできた学食をぐるりと見回した。

「さて、我々はそろそろ移動するか」

ぼくらが学食を出て、のんびりと校舎に向かっていると、何やら外が騒がしかった。どうしたのかと、そこにいた同級生に聞いてみると、こんな答えが返ってきたんだ。

「い、今さ、あの人が死んじゃったって話を聞いたんだよ。自殺らしいよ！」

「あの人って？」

「彼だよ彼。文学部人文学科の、土田干」

「えっ」

「うん。自宅で首を吊っちゃったらしいんだよ」

2

良いことをしたご褒美《ほうび》として、三つの願い事をかなえてくれる神様や妖精の話っていうのがあるだろう。何でも良いから、三つだけあなたの願い事をかなえてあげましょうっていうやつだ。

でも実際にそう言われてみると、あれこれ悩んじゃったりして、結局は失敗しちゃったりするんだけど、ぼくが思うに、もしもそんな場面に出くわしたら願い事はたった一つだね。それは何かというと、「これから言う全ての願い事をかなえてください」っていうお願いだ。つまり、私をあなたのような神様や妖精にして、全知全能にしてくださいってことだね。実に簡単な話だ。

でも――。

この時は、心からそんなことを思っちゃったよ。

だって、学食の事件に関与してた全員が、事故死か自殺しちゃったんだからね。水田真理、本木茉莉、飛驒マリ、そして土田千、ってさ。これは古都里ちゃんの話じゃないけど、本当に沖麻里さんの呪いかも知れない……なんて考えてしまったんだ。

そんなある日。

ぼくの家に、千波《ちなみ》くんが遊びに来た。

前にも言ったと思うけど、千波くんっていうのは、ぼくの父親の妹・鶴子《つるこ》叔母《おば》さんの一人息子で、所沢の大地主の千葉《ちば》家の跡取りなんだよ。

この千葉家がどれくらいの大地主かっていうと、叔父《おじ》さんの亀太郎《かめたろう》さんですら、自分の土地の全貌《ぜんぼう》を把握していないんじゃないかってくらいなんだよ。何万坪だか、何十ヘクタールだか、何百町だか、誰も良く知らないらしい。

そんな千波くんが、鶴子叔母さんの用事でぼくの家にやって来た。細い両腕に大荷物を抱えてね。何かもらい物のおすそわけってことらしい。

当然、ぼくの妹も千波くんを待ってた。小学生の妹は彼のことが大好きでね。いつもぴったりくっついて遊んでるんだ。だから今日もいつものように妹は、「千波ちゃーん」と叫びながら、彼のマシュマロのように白い頰をつねったり、サラリと風になびく髪の毛をぐいぐい引っ張ったり、上手にフルートを吹く白魚のような指をコキコキ鳴らして遊んでいた。純真無垢《むく》で、とっても可愛い仕草だね。

やがて――。

千波くんも来年受験ということで、話題が大学に移る。そこでぼくは、今うちの大学で起こっている事件について話したんだ。「江戸七」の話をさ。

「何か不気味だろう」ぼくは、その背中を妹に登攀《とうはん》されている千波くんに言った。

「本当に、沖麻里さんの呪いなんじゃないかっていう気にもなるよね」

「呪いですか……」千波くんは、ふっと笑った。「あり得ませんね」

「そうなの？」

ええ、と今度は真面目な顔に戻って頷く。

「呪いが、人間の精神性に由来するものであれば、その本人——実体が消失しているのに、精神や意思だけがその後何年も存在し続けるなんていうことが、あるわけないでしょう」

「幽霊も？」

「論理的に言って不可能です。当人がまだ生きているのならばともかくとして、すでに亡くなって土に還ってしまっている人の精神が残存しているなんて不条理極まりない話ですよ」

「前の日に食べた餃子や、飲んだ酒の臭いが、翌日もプンプンしてるってこともあるじゃないか」

「それは血液中に、まだその成分が残留しているからです。ぴいくんのそのたとえを使うならば、一度餃子を食べたばっかりに、何年経っても自分の体にその臭いが漂っている、っていうことになるんですよ。どう考えてもあり得ません」

「そういうもんかね……」

「そういうもんです」

「そんなにはっきり断定されちゃうと、そう思えるね」

「ひゃい」

最後の返事は、妹が千波くんの頬を思い切りつねったために、こんな発音になっちゃったんだ。

「でも――」

千波くんは、やっとの思いで妹を引きはがして言う。

「その事件に関しては、少しだけ気になる点があります」

「何が？」

「ねえ、ぴぃくん」

千波くんは言った。

彼はいつもぼくのことを「ぴぃくん」って呼ぶんだけど、もちろんこれはぼくの本名じゃないし、また、どうしてそんな変な呼び方をするのかっていう点に関しても、後回しにしても良いと思う。今は、千波くんが話してるんだからね。

「学食の石鍋さんという方は、ぴぃくんの大学に行けばいつでも会えるんですか？」

「えっ。ああ、もちろん会えるよ」

「お話もできますか？」

「うん。慎之介が、もうすっかり仲良くなっちゃっててね。というのも、奴はいつも昼食を二品《ふたしな》ずつ頼むからさ。天丼とカレーライスとか、ハンバーグとアジフライ定食とか、今日はダイエットするからサラダを三皿にしようとか」

「じゃあ、今度の土曜日に、遊びに行っても良いですか？」

「ああ。いつでも大丈夫だよ。土曜日も学食は開いてるしね。千波くんが来るって言ったら、古都里ちゃんたちも喜ぶだろうし。でも、一体何の話をするの？」

「亡くなった人たちに関して、ちょっと確かめてみたい点があるだけなんれふ」

妹がまた、思い切り頬をつねったみたいだった。


次の土曜日。

千波くんは、ぼくらの大学にやって来た。

慎之介や古都里ちゃんたちにも声をかけておいたから、みんなで一緒に学食へと向かうことになった。そしてぼくらは、石鍋さんの手が空くまで、コーヒーを飲みながら雑談をした。

　慎之介は昔から千波くんとはビリヤード仲間だから——といってもパズルと一緒で、殆ど千波くんから勝利を収めたことがない——また、ビリヤードで一勝負だなどと言っていた。一方、古都里ちゃんはお化粧もバッチリ決めちゃって、

「今度のフルート発表会はいつですの？　おほほ……」

なんて千波くんに尋ねていた。また、うちの大学はとても優良校だからぜひ受験してねとか、特に国際学部はその中でもエリート学部だからお勧めですわとか、文学部は止めた方が良いですわとか、勝手なことを喋っていた。

　やがて石鍋さんの仕事も一段落して、ぼくらの話を聞くためにこちらにやって来てくれた。今日は土曜日だから、いつもの昼休みとは違って、学生の数も格段に少ないんだ。

　石鍋さんがイスに腰を下ろして煙草に火をつけると、慎之介が全員を紹介する。

　長いテーブル席で、石鍋さんの正面には千波くんが。そして千波くんを挟む形で古都里ちゃんとぼくが。慎之介は、石鍋さんの隣に座って、海月ちゃんは古都里ちゃん側の短い辺——いわゆるお誕生日席に腰を下ろした。

「どうも……」

石鍋さんはぎこちなく挨拶する。

「そんで、今日は何の話?」

微かに東北訛《なま》りがあった。いや、茨城《いばらき》訛りだろうか。文字にすると分からないけど、耳で聞くと何となく標準語とは違う。以降、石鍋さんの言葉には、その微妙なイントネーションがあるものと考えて欲しい。

はい、と千波くんは髪をサラリと掻き上げる。

「まりちゃんズの人たちに関して、ちょっとお聞きしたいもので」

「ああ……。土田くんも、可哀想だったっけね、本当に」

「はい、お聞きしました。自殺されてしまったとか」

「就職も内定してたのにね。何があったんだか」

「え? 内定してたんスか?」慎之介がいきなり口を挟む。「そりゃあ、もったいないな」

「んだね……」

石鍋さんは、残念そうに首を振った。

「ぼくは――」千波くんは言う。「その土田さんが、この一連の事件に大きく関わっているんじゃないかと思うんです」

「え？　なんだって？」

「というより、土田さんも最初から彼女たちのグループに参加していたんですよね」

「もちろんそうだよ。彼女たちと一緒に、いつも四人でつるんでいたっけね」

「そして、石鍋さん。あなたもですね」

「と、突然、何を言うんだか？」

石鍋さんは、あわてて煙をぷうっと吐き出すと、ゲホゲホとむせた。そして、せわしなく煙草の灰を落とす。

「俺は、ただの学食のオヤジだよ」

「仲間だったんでしょう？」

「仲間も何も……。そりゃあ、あの子たちのことは好きだったさ。チキンライスも食べてくれたし、とっても可愛かったからね。でも、仲間って言われてもね……」

パフパフ煙草を吸って、灰皿に押しつけた。

「青年」慎之介が言った。「その、仲間というのはどういう意味なんだ？　単純に、俺たちのような関係ということか？　ちなみに八丁堀とは、腐れ縁というか、半ばボランティア的な付き合いではあるが」

「私たちは」古都里ちゃんは、ニッコリ笑って千波くんを見た。「とっても仲の良いお友だちですけどもね。ホホホ。ねえ、海月」

「え？」

「つまり――」

千波くんは石鍋さんを見た。

「四人じゃや、結界《けっかい》を張れないんですよ。一人足りない」

「はあ？」

「おそらく、まりさんたちは、魔除《まよ》けの結界を張りたかったんじゃないんですか。みんなで」

「魔除け？　まさかね！」思わずぼくは叫んでしまったよ。「だってそれって、柊《ひいらぎ》の葉っぱとか、護符とか、ニンニクとか、陰陽師《おんみようじ》とか、水晶の飾り物とか、安倍晴明《あべのせいめい》とか、盛《も》り塩《じお》とか、セーマン・ドーマンとか、臨兵闘者《りんぴようとうしや》――」

「黙って！」

古都里ちゃんは、クリームパンみたいな手を挙げて、ぼくの言葉を遮った。

「ねえ千波くん。それってどういうこと？」

「はい」千波くんは頷いた。「おそらく水田さんたちは、学食で亡くなったという沖麻里さんの幽霊を信じていたんじゃないかと思ったんです」

「幽霊？」再びぼくは叫んだ。「だって千波くん、幽霊は存在しないってこの間言ってたばかりじゃないか！」

「『存在を信じているかいないか』ということと『存在しているかいないか』ということは、全く別の事象です。原因と結果くらい違いますね。なぜならば、存在を『信じている』人の頭の中には、幽霊が実際に『存在している』からです」

「でもでも！」古都里ちゃんが、新江ノ島水族館のトドのように身を乗り出した。「あの人たちって、わざとあそこの席に座ったり、チキンライスを食べたりしていたっていうじゃないの。信じているくせに、そんな大胆なことをしてたの？」

「恐かったからでしょう。だからこそ、みんなで幽霊を封じ込めたかったんですよ。一人じゃできないから」

「しっ、しかし青年。その仲間に、どうして土田さんや石鍋さんまで加わったというんだ？」

「最初は単なるお友だちだったのかも知れませんが、そのうちお互いの名前に気がついたんです」

「あの、へんてこりんな名前か？」

慎之介の言葉に、ぼくはドキリとしてしまったけど、他意はないようだった。

「あの名前がどうした？」

「はい。魔除けといえば、今ぴぃくんも言ったように陰陽師。五芒星《ごぼうせい》ですね」

「一筆書きの星だな」

「そうです。そしてその五芒星を構成しているのは、ご存じのように『木火土金水《もつかどごんすい》』の五つの要素です」

「それと名前が、どこでどう――」

あっ、と海月ちゃんが珍しく叫んだ。

そして眼鏡をくいっと上げて言う。

「水田さんは『水』で、本木さんは『木』で、飛騨さんは『火』？」

「そういうことでしょうね。最初からそのつもりじゃなかったわけでしょうから、『火』のつく人ではなく、『飛騨』さんが参加していた。まあこの場合『まり』という名前も重要なポイントですから、飛騨さんもＯＫだったんでしょう」

「そして」慎之介も言う。「土田さんは『土』で――」

全員の視線が、石鍋さんに集まった。

石鍋鉄五郎が「金」というわけか……。

「しっかし」慎之介は顔を引きつらせる。「偶然じゃないのか、青年」

「こんな名前の人たちが一堂に会したということ自体は、全くの偶然でしょう。しかし、水田さんたちはそれを利用しようとした、というわけです。そうですよね、石鍋さん」

石鍋さんは再び全員の視線を受けて、二本目の煙草をくわえて火をつけようとしたけど、指がブルブル震えちゃってね。横から慎之介が、ライターを差し出してあげたほどだった。

そして、長い沈黙があった。

やがて石鍋さんは、大きく一服すると口を開く。

「……いつかどこかで、誰かに話そうと思ってたさ」心なしか、声が震えていた。

「これは、水田さんが言い出したことでね。いつも彼女は、あのグループのリーダーみたいな存在だったから」

「どういうことよ？」

「ああ、丸っこい彼女。信じられないかも知れないけど、この青年の言う通りさ。水田さんが言い出しっぺでね、五人で魔除けの結界を張ろうって」

「何それ？」古都里ちゃんは思い切り口をすぼめる。「どうしてまた、そんなバカみたいなことしちゃったわけ？」

「きっとどこかで、変なミステリの本でも読んだんじゃないかね。今、そんな怪しげな本が色々と書店に並んでるだろ」

「信じられない現象ですね」千波くんも言う。「パズルの本の方が、よっぽど現実的です」

「しかしね」石鍋さんは言う。「それもそうなんだけど、こっちは表の理由だったかも知れないね。本当は、土田くんも巻き込んで、いつも一緒に遊んでいたかったんじゃないのかな。そう思うよ。自分たちだけのサークルでさ」

「秘密結社か。気持ちは分からなくもない。魅力的だからな」

「そうだよ、黒い彼氏。そしたら、みんなの名前に『木火土金水』にちなんだ文字や読み方があることを発見した――っていうのが正しいんじゃないかと思うよ」

「なるほどな。緩《ゆる》いパズルみたいなもんだ」

偉そうに言う。

「でもでも！」

古都里ちゃんが叫んだ。

「じゃあ、それがどうしてみんな自殺しちゃったのよ！　それはどんな理由？　石鍋さん、知ってるの？」

「…………」

「三角関係がどうのこうのって聞いたわよ。ああ……やっぱりそれって、土田さんを巡ってのことだったのね！」

「……そこまで知ってるかね」

「皆、知ってるわよ」

ということはつまり、古都里ちゃんが皆に言いふらしてるってことだろう。

「……そうなのよ」石鍋さんが辛《つら》そうに言った。「全て、俺が悪かったんだよ」

石鍋さんは煙草を灰皿にぐりぐりと押しつけて消すと、話し始めたんだ。

「水田さんは、最初から土田くんのことが好きだったんだな。それで何だかんだと理由を作って、彼を仲間に引き込んでみんなで遊んでた。でも、それを飛騨さんが嫉妬《しっと》しちゃってね」

「飛騨さんも、土田さんのことを好きだったの？」

「いいや、丸っこい彼女。飛騨さんは、水田さんのことを好きだったんさ」

「えっ」

「それで、土田くんばかり見てる彼女に腹を立てて、ちょっといたずらしてやろうと思ったらしくて……」

「いたずらって?」

「ああ。水田さんはいつも、ここのチキンライスのグリンピースを残してたんさ。美味しいのにね」

「うんうん」ぼくは頷いた。「そんな子、いるんですよね。グリンピース嫌い。でもそれはちょっとどうかと思いますよ。あれは単なる彩りだけじゃなくって、実際に栄養価も高い──」

「黙って!」

古都里ちゃんは、千波くん越しにぼくを鬼のように睨みつけた。いや、バレーボールみたいな顔をした鬼がいればの話だけど。

とにかくぼくが口を閉ざすと、石鍋さんは続けた。

「俺もさ、いつもあの子がグリンピースだけ残すもんで、ちょっとムッとしてたのよ。そこへ飛驒さんが提案してきてね。分からないようにして、水田さんにグリンピースを食べさせちゃおうって。だから俺も軽いいたずらのつもりで、豆をつぶしてチキンライスに混ぜちゃったんだよ。ところが知ってるように、食中毒が起こっちゃって、みんな具合が悪くなっちゃって――」

「知ってるわよ。それで水田さんが亡くなったって」

「そうなのさ……」

石鍋さんは唇を強く噛んだ。

「でも、あの子が命を落としたのは食中毒のせいだけじゃなかったみたいさ」

「っていうと？」

「水田さんは、グリンピースのアレルギーだったらしいんだよ。ずいぶん後になってから、家族の人に聞いたんさ」

「ええっ！」

「じゃあ彼女は、アナフィラキシー・ショックを起こしてしまったということなんですか！」

「おそらくね……。いや、正確なことは分からないけどさ」

「そんな……」

「とにかく、それを知らなくて、俺はあんなことを――」

ぼくらは、一瞬凍りついてしまった。

つまり水田さんは、食中毒とアレルギーのどちらか一つだけだったら、命を落とすまでには至らなかったかも知れないっていうことだ。でもこれは、あくまでも可能性としての話だけどね。

「じゃあ水田さんは、グリンピースが嫌いだったわけじゃなくって、アレルギーがあったから残してたのね」

「そういうことなんさ」

「最初からそう言えば良かったのに……」

「アナフィラキシー・ショックを起こすくらいならば言ったでしょうが」千波くんも沈痛な面持《おもも》ちで言う。「きっと本人には、そこまでの自覚はなかったんでしょう。だから特に言うまでもないと思っていた」

それが、と慎之介は真っ黒な腕を組んだ。

「たまたま食中毒と重なってしまったわけか……。不運な」

「偶然に？」

「偶然だろう、古都里ちゃん！　それ以外に考えようがないではないか」

「まあね……」

ところがね、と石鍋さんは言った。

「本木さんが、そのことに気づいてしまったようでね」

「本木茉莉さんね」

「ああ。それで、俺を問いつめるのよ。色々としつこくさ」

「それで……話したんですか？」

うん、と石鍋さんは頷いた。

「隠し通せなくってさ」

「どうして？」

「俺の様子が変だっていうのよ。普段と違うって」

「……それはそうかも」

「しかもさ」石鍋さんは、少し赤くなった。「俺のことが好きだから、心配だって」

「は？」

「まあ、半分冗談だったんだろうけども、そういう言い方してね。それで問いつめられて……少しだけ喋った。そうしたら、本木さんは飛騨さんを責めてね。しかも、そこに土田くんまで加わった。土田くんは、本木さんのことが大好きだったから」

「なんだなんだ？」慎之介が眉間に皺を寄せた。「こりゃまた複雑な人間関係だな」

「何も複雑じゃないよ。水田さんは土田くんが好き。土田くんは本木さんが好き。本木さんは俺のことを気に入ってくれていたようだが、俺は飛驒さんが可愛いと思っていた。そして飛驒さんは、同じ女性だったが、水田さんのことが大好きだった。すごく分かりやすいだろう」

決して分かりやすくはなかったけど……何となく理解できた。つまり五人を丸く並べて、順番に片思いの矢印を付けていくと、綺麗な☆形ができるってわけだね。

「そんなもんでさ、土田くん、力が入り過ぎちゃって、飛驒さんを責めすぎたんだろうね。それで彼女は――」

「自殺しちゃったのね！」

「そうなんさ。それで驚いた本木さんが、今度は土田くんを責めてね……」

「でも、亡くなったのは本木さんだったたん

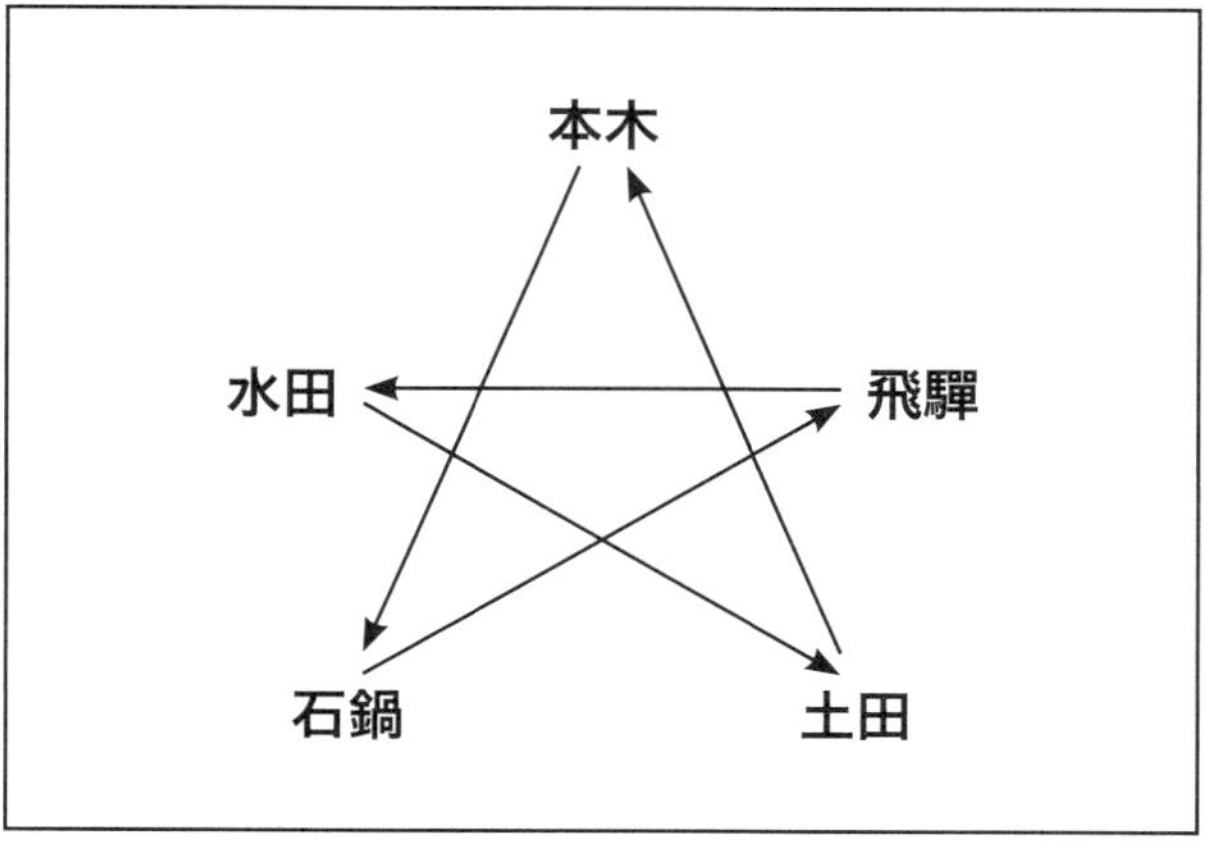

でしょ？」

　ああ、と石鍋さんは顔を歪めた。

「そこらへんのことは分からないよ。二人の間で、一体何があったのかはさ。俺もそれ以上のことは土田くんに聞かなかったしね。でも彼は、それ以来ずっと鬱になっちゃったみたいでさ、ずっと一人きりで、あの席に座ってお昼を食べてた。鵜ヶ森くんみたいにね。よく四年に上がれたと思ってたよ」

　何か恐ろしい話になってきた。背筋《せすじ》がゾッとしてしまったよ。

　でもとにかく、この一連の事件に関しては、沖さんの呪いじゃないってことが分かった。ちょっとエキセントリックではあったけど、みんな生身の人間がやってたことだった。それだけでも分かって、少しはホッとしたね、正直なところ。

　結局石鍋さんは、改めて全部警察に話すって言った。自分一人で抱えてるのは、もう限界だって。そしてぼくらも、これで全てが解決したと思ったんだよ。

　ところが――。

　その数日後、石鍋さんは電車に飛び込んで自殺しちゃったんだ。

3

それから一ヵ月も経った頃だった。

色々なことが急に起こったせいもあったんだろうと思う。歯が痛くなっちゃってね。ぼくは行きつけの歯医者さんに行ったんだ。

実家と大学のちょうど中間くらいにある「鹿島歯科《かしましか》」っていう関西だったら不似合な名前の歯科医院だ。

院長は、もうかなり年寄りなんだけど、まだまだ腕は確かなんだ。ただ、ちょっと話し好きでね。それに付き合うことさえできれば、なかなか良い歯科医院だ。

ある日、ぼくがその日の治療を終えて会計を済ましていると、治療室から院長が出てきて言った。

「そういえばこの間、おたくの大学で事件があったね。学食のおじさんが自殺したっていう」

「え？　は、はい。よくご存じですね」

うん、と院長はずり下がった眼鏡の上の縁越しに、ぼくを見た。

「石鍋鉄五郎さんだろう、自殺したのは」

「ええ、その通りですけど、こんな所にまで詳しく伝わってるんですか」

「いんにゃ。その石鍋さんは、うちの患者さんだったんだよ」

「えっ」

「前歯が欠けとるのを、治しに来てたんだ」

「ああ……」

いつも煙草を差し込んでいた部分だ。

「それはまた、びっくりですね」

「うん。でもなあ……」

「何か？」

「実はね、あの自殺したっていうその日、ここに予約が入っとったんだよ」

「どういうことですか――」

「いや、そのままだよ。その日石鍋さんは、ここに治療に来ようとしていたんだね。前の日に電話をもらってさ。その時は、ちっとも自殺するような雰囲気じゃなかったんだけどねえ」

「……本当ですか？」

「本当だね」

「じゃ、じゃあ、どうしてそれを警察におっしゃらなかったんですか」

いや、と院長は白衣のポケットに両手を突っ込んだ。

「言おうと思ったんだ。しかしね、今度はこっちが急に具合が悪くなっちゃってさ。目眩《めまい》がひどくてね。あんなの生まれて初めてだったけど、とにかく入院した。そして、退院した頃には、自殺ってことで話が片付いとってな。しかし、今でもあの人の自殺が信じられなくてね。ああ、そういえば、前にも自殺者が出たんだって？」

「はい……何人か」

「石鍋さんに聞いたんだけど、ええと、おだまり……ちだまり……じゃなくって、まだむり……？」

「飛騨マリさん」

そうそう、と院長はポンと手を打った。

「その子も自殺したっていうけど、石鍋さんは『変なんですよ』って言ってたよ」

「変……って、どうして？」

うん、と院長は頷く。

「マンションの屋上から飛び降りたっていうんだが、実はその子、すごい高所恐怖症だったんだそうだよ」

「え！」

「だから、同じ自殺するにしても、そんな方法は取れないんじゃないかなんて言ってた。まあ、でも自殺となればまた違う心理も働くのかも知れないけどね」

＊

ぼくは複雑な気持ちを抱いたまま、午後の講義を受けるため、大学に向かった。そしてまだ時間があったから、学食で昼食を食べることにしたんだ。きつねうどんを注文して、例の奥まったテーブルの隣の席に腰を下ろした。学食は、そこそこ混んでいたものの、やっぱり誰もその席には座っていない。ふと目をやると、テーブルの上の花がしおれていた。

そこでぼくは、大きなガラス窓の向こうの庭に出て、そこに咲いていた花を何本か摘《つ》み取った。野菊みたいな感じだったけど、名前は分からなかった。

折角だから花ビンの水も取り替えて、その中にポンと花を活けて、また元通りにテーブルの上に飾ってあげた。そして、何気なくその花を眺めながらうどんを食べていたんだ。

でもその時……ふと思った。

もしかして――。

まりちゃんズが遊び半分でやっていた魔除けの結界って、本当に効いていたんじゃないか？

そして、調子に乗ってふざけすぎていた彼女たちに、沖麻里さんか、鵺ヶ森さんの霊魂が怒って罰を与えたんじゃないか。

だから、水田さんが亡くなって結界が破れたと同時に、まるでドミノ倒しのように全員が――、
自殺した。

しかも、この「自殺」だって、真相は謎だ。飛騨さんだって、本木さんだって、石鍋さんだって、何となく疑惑が残る。もしかしたら、土田さんだって分からない。

今度は本当に、水田真理さんの怨霊が……。

ぼくは、背中に氷水を入れられたような気がしてきて、急にドキドキしてきてしまった。そして、思わず割り箸を取り落としてしまった。

カラリ……と箸が床に転がる。

急いで震える手でそれを拾おうとした時、
ぼくの耳に、
「キャッ!　うふふふっ」
っていう嬉しそうな笑い声が聞こえた気がしたんだ――。

立って飲む

――「立ち呑みの日」殺人事件――

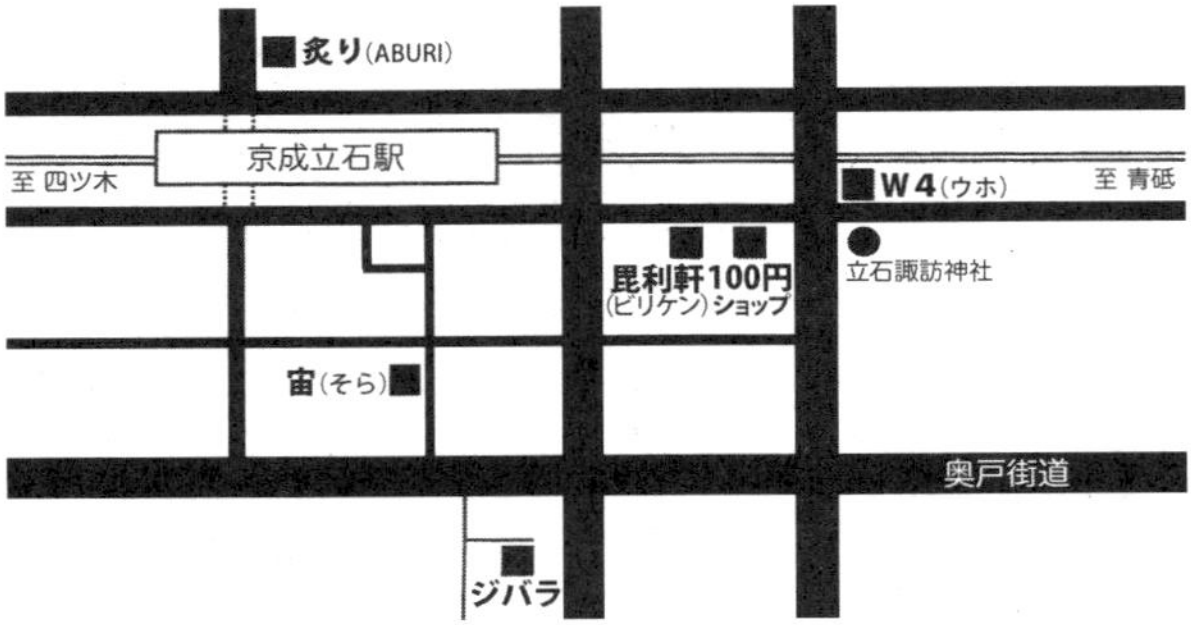
炙り(ABURI)
京成立石駅
至 四ツ木
W4(ウホ)
至 青砥
毘利軒(ビリケン)
100円ショップ
立石諏訪神社
宙(そら)
奥戸街道
ジバラ

1

スペース・デブリという言葉がある。

これは、いわゆる宇宙ゴミのことだ。切り離しの際のロケット本体や、使用不能になってしまった人工衛星や、その部品などを始めとする、宇宙に捨てられた膨大《ぼうだい》な量のゴミのことなんだ。

その数は、一説では五億個を超えているんじゃないか、なんて言われてる。しかも、殆ど回収されないまま捨てられ続けて、こうしている間もどんどん増えてるんだから、これじゃ、いくら宇宙空間が広いからっていっても将来はどうなっちゃうんだろう。

確かに宇宙開発には、大きなメリットがあるに違いない。でもそれなら、せめて自分たちの出したゴミくらいは、きちんと処理するべきなんじゃないか。

山登りだって海水浴だって川のキャンプだって、基本的にゴミは持ち帰るもんだ。近くに広い庭があるからって、弁当の食べ残しや、ビールの空き缶や、読み終わったエロ本や、壊れたビニール傘や、嫌いな男からもらったメール・アドレスが書かれた手紙なんかを、無断でポンポン捨ててちゃ、そのうち庭の持ち主は怒り出すだろう、きっと。

そもそもぼくは、文明や開発が外に向かうこと自体、どうなんだろうって思ってるんだ。外へ外へと文明を広げて行って、今まで余り良いことはなかったからね。歴史的に見てもさ。

むしろこれからは、内へ向けた進歩が必要なんじゃないか。内面の充実ってやつだ。科学も化学も医学も、内側へ向かって進んだ方が良い結果が期待できる。もちろん日常生活もそうだ。自分の家庭や独りの時間を大切にしてさ。そこで、充実した時間を持つべきだ。

だから、世のお父さんたちも、いつまでものんべんだらりと外で飲み歩いていないで、さっさと家に帰って飲んだら良いんだよ。外で飲んでいたってろくなことはないからね。変な酔っぱらいに絡まれたり、見知らぬ人から喧嘩《けんか》を売られたり、野良犬に小便をひっかけられたり、あげくの果ては、終電車で痴漢呼ばわりされる。

本当に、悲惨な結末しか待ち受けてないと思うよ。

「相変わらず、わけが分からん」

そう言って、ゆらりとこちらを見たのは慎之介《しんのすけ》――饗庭《あいば》慎之介だ。

この、水木しげるの妖怪マンガに登場しても全く違和感のない黒魔神に関する説明は、もう今更いらないだろう。全身真っ黒ファッション髪の毛ゆらゆら大男で、ぼくの迷惑同窓生だ。

「確かに、八丁堀《はっちょうぼり》は――」

八丁堀というのは、ぼくの名字ではなく、ぼくが住んでいる街の名前で、慎之介はいつもこう呼ぶ。

「変な酔っぱらいに絡まれ、見知らぬ人から喧嘩を売られ、野良犬に小便をひっかけられ、あげくの果ては終電車で痴漢をする」

「痴漢はしないよ！　間違われるって言ったんだ」

「まあ、その変態ファッションでは……」

と慎之介は、ぼくの赤・オレンジ・緑の素敵なセーターを、ひややかに見た。

「間違えられても仕方ないし、本当にやっていてもおかしくはないし、そもそも体型が痴漢型だ」

「何だよ、それ」

「そっちこそ」

今度は慎之介の向こう側で、真ん丸顔の古都里《ことり》ちゃん——奈良《なら》古都里ちゃんが、口を尖らせた。桜の塩漬けのヘソ付きアンパンみたいな顔になってた。

「ごちゃごちゃうるさいわね。ぶっとば——あら」

古都里ちゃんは口に手を当てて、ほほほ、と不気味に笑った。

「私としたことが、はしたないですわね。ほほ」

ぼくらは、例によって小岩の居酒屋「ちの利《り》」にいる。

今日は珍しく、千波《ちなみ》くんも最初から参加していて、いつも通りにコの字のカウンターの奥から、古都里ちゃん、千葉《ちば》千波くん、慎之介、水無月《みなづき》海月《みづき》ちゃん、そしてぼくの順番で座っていた。

もう説明は殆どいらないと思うけど、従弟の千波くんを除いたぼくらは全員、国際江戸川大学の一年生だ。この大学は素晴らしくてね、最寄り駅半径七キロメートル圏内では、地域最高峰の学問の府と呼ばれてる。

ちなみにぼくは、その中でもエリート学部と誉《ほま》れの高い、文学部大江戸研究学科で、慎之介と古都里ちゃん、そして海月ちゃんたちは、その他大勢の国際学部だ。

そして今日は、ぼくが千波くんと会う約束をしていることを嗅ぎつけた慎之介たちに拉致《らち》されるようにして、こうして変わった名前の居酒屋「ちの利」まで連れてこられてしまった。無理矢理、力尽《ちからず》くで、否応なしにだ。ぼくはせっかく、家に帰って妹と三人で遊ぼうと思っていたのにね。

全く、外で飲むことの好きな人間の気が知れないよ。きっとそういった人種は、ぼくと違って素敵な家族がいないんだ。まあ、そう考えれば可哀想な気もするけど、幸せに暮らしている一般の人々を巻き込まないで欲しいもんだよ、本当に。

「全く、何をぶつくさ言ってるんだろうな」慎之介は、酎ハイをカラリと空けた。

「お代わりをもらおう。八丁堀はどうする」

「ぼくも、もらう」

「ぐだぐだ言ってるわりには、飲んでるじゃないか」

ぼくも、ようやく二十歳《はたち》を過ぎたからね。でもこの間は、レモンハイを飲み過ぎて失敗してしまったから、今日は慎重に飲んでる。ここが慎之介なんかの無神経《むしんけい》・鉄面皮《てつめんぴ》・面《つら》の皮千枚男とは違うところだ。

「海月ちゃんは、どうする？」

という慎之介の問いに、この子は例によって、

「え？」

の一言を返してきたけど、グラスが空いていたので、慎之介は生グレープフルーツハイを追加で注文した。

「そういえば」古都里ちゃんが尋ねた。「千波ちゃんは、志望校を決めたの？」

もうすぐ大学入試だからね。推薦試験を受ける学生なんかは、もう二ヵ月もない。

でも千波くんならば、ぼくや慎之介みたいに、辛く厳しく重く長い浪人生活を送ることはないだろうと思う。だって、高校の成績は何の問題もなく素晴らしいから、ぼくとはどこのＤＮＡが繋がってるんだろうと思ってしまうほどだ。

だから慎之介はよく「八丁堀と青年は、どちらの遺伝子が突然変異なんだ」などと悪口を叩く。青年、っていうのはもちろん千波くんのことだ。年齢的にはともかく、慎之介の精神は間違いなくオヤジの領域に入ってるからね。ちょうどそんな感覚なんだろう。

ええ、と千波くんは綺麗な髪をサラリと揺らした。

「一応決めていますけど、流動的です」

「それならさ」古都里ちゃんは、赤い風船顔で言う。「うちの大学にしたら。とても

楽しいわよ。絶対に」

「そうだな青年」慎之介も同意した。「青年の実力であれば、東大や京大も射程内だろうが、うちの大学というのも一つの選択肢に入れておいて良いと思うぞ」

「そうよそうよ」

「最近は、せっかく苦労して東大や京大を卒業したにもかかわらず、ろくな大人にならん人間が増殖しているようだしな。うちのように、自由闊達《かったつ》な学風の大学の方が、これから有用な人材を世に送り出すことになるであろうな」

「その通りその通り」古都里ちゃんは、ぴょこぴょこと頭を振って賛同する。「特に国際学部は良いわよ。エリート中のエリートだから」

「実にそうだ。これからの日本を背負って立つ人々が、数多く育っている。ただ……文学部は、今一つなのが悲しいが。特に、大江戸研究学科はな」

「何を言ってるんだよ、人の学科を！」

「いや、事実だ」慎之介は、悲しそうに頭を振った。「しかし、仕方ないんだ。あの学科は、浪人生救済のために存在しているようなものだから。青年だったら、無試験で合格する」

「バカなことを！　何か言ってやってよ、海月ちゃん」

「え？」

「あ……いや、何でもない」

なんていう話をしてたら、コの字形カウンターの向こう側に座っていた常連の、鐵《てつ》観音《かんのん》さんが、

「おお、そうじゃそうじゃ」

と声を上げて、ぼくらを見た。

鐵さんは、浅草にある（という）大草寺《おおそうじ》の住職さんなんだけど、毎日この店にやって来て飲んでる。席はいつも、コの字の上の横棒の一番左端で、その内側にはこの店のオーナーで御年八十八になるという藤原《ふじわら》セデ子さんが座ってる。そこでいつも、二人で世間話をしているんだ。

「セデ子さん。例の物は、彼らに進呈しようかの」

「例の物って？」

「例の物と言ったら例の物じゃよ。さっき渡したろう」

「ああ」セデ子さんは、昔あった水飲み鳥の人形みたいに、ユラユラコクリと頷いた。「例の物ですね」

そして、カウンターの下からゆっくりと封筒を取り出すと、それを手にぼくらの方

に歩いて来た。

「何ですか、それは？」

慎之介が長い手を出して受け取ると、封筒の中から細長いチケットのような物を取り出した。

「二千円の券じゃないすか」

「『立ち呑みの日』のクーポン券じゃ」鐡さんが、向こう側から大声で説明する。「来月の十一日は『立ち呑みの日』というわけでな。そのクーポン券を持って、京成《けいせい》の立石《たていし》に行けば、一軒たったの五百円で飲めるんじゃ」

「来月というと十一月か。ああなるほど。『11・11』で、人が並んで立ってるってわけだ。それで立ち飲み」

「そういうことじゃ。セデ子さんの親戚の、ちょっと変わった男がプロジェクトを立ち上げた」

でも、と古都里ちゃんが言う。

「十一月十一日って『ポッキー&プリッツの日』じゃないの？」

「そうでもある」鐡さんは、つるりと自分の頭を撫でて答えた。「しかし、こちらの『立ち呑みの日』の方が美しいな。どことなく、大人の哀愁が漂っておって」

どこに漂っているのか分からなかったけど、鐵さんは「うんうん」と頷いていた。

それに、セデ子さんの親戚が関わってるんじゃ、余り反論もしづらかったから、ぼくらも一緒に「うんうん」と頷いた。しかし千波くんは、

「ぼくは十一月十一日と聞くと、文明九年（一四七七）の応仁の乱終結か、大正七年（一九一八）第一次世界大戦終了・ドイツ降伏――を思い浮かべます」

なんて言う。まあ、受験生だからね。するとカウンターの中で、かのえさんが、

「あたしは、宇崎竜童《うざきりゅうどう》・阿木燿子《あきようこ》夫妻のお店の名前ね。『ノヴェンバー・イレブンス』」

なんて言った。よくそんなマニアックなことを知っていると思ったら、大ファンだったらしい。「アンアンアン、イミテエーション・ゴオールド」なんて歌い始めてしまったかのえさんを放っておいて、ぼくらがチケットを眺めていると、

「かっかっか」と鐵さんが笑った。「どちらにしても、めでたいじゃないか。それは差し上げるから、行って来たまえ」

そして、酎ハイをぐびりと飲んだ。

「なるほど」と慎之介は頷きながら、ぼくらを見た。「どうする？」

「ぼくは無理です」千波くんが、申し訳なさそうに謝った。「未成年で、どうせお酒

は飲めないし、模擬テストも近いし」

「千波ちゃんが行かないなら、私も考えようかなー」古都里ちゃんが口を尖らせた。

「落っこちくんと行っても、きっとつまんないし」

この子は本当に酷い子でね。

ぼくのことを、いつも「落っこちくん」って呼ぶんだよ。しかしこれは、ぼくが入学式当日に、いきなり十七段の階段落ちをしてしまったから仕方ないんだけど。

当然だけど、本名は違うよ。でも、今はそんなこと関係ないから、自己紹介はしないけどさ。

「八丁堀は、どうする」

「ぼくも、それほどお酒飲めないし……。余り興味はないなあ」

「海月ちゃんは」

「え？」

そうか、と慎之介は眉をひそめた。

「じゃあ、今回は申し訳ないけど――」

と言いかけた時だった。

店の入り口が開いて女性が一人入って来たんだ。

一瞬店内の照明のルクスが上がったのかと思った。いや、本当だよ。そこだけが輝いて見えた。

そこには、ショートカットでボーイッシュな、目元切れ長、口元愛らしい、色白でスタイル抜群の、二十歳を少し過ぎたくらいの女性がにこやかに笑って立っていたんだ。こう言っちゃ悪いけど、一人では絶対にこういう居酒屋に足を踏み入れそうもない女性だった。いや、本当に何事が起こったのかと思っちゃったよ。

慎之介は惚《ほう》けたように見とれちゃって、煮込みに箸を突っ込もうとして失敗し、四回もカウンターを突《つつ》いた。

「こんばんは」

その女性は、アフロディテのように微笑んで、鐵さんに近づいて行った。笑顔が本当に素敵なんだ。慎之介なんか、口をあんぐりと開けちゃって、目は眼窩《がんか》からこぼれ落ちそうになってた。

「おうおう、由佳《ゆか》ちゃん」鐵さんも、目を細める。「久しぶりじゃのう。学校はどうじゃな」

「それなりに」女性は白百合のように笑う。「鐵さんも、お元気そうで」

「こっちも、相変わらずじゃ。ああ、そうそう」

鐵さんはぼくらを見た。そして、女性を紹介する。

「この由佳ちゃんは、セデ子さんのお孫さんなんじゃ。今年二十二歳で、都心の大学に行っとる。由佳ちゃん、あちらの学生さんたちは、江戸川幽霊《ゆうれい》大学の学生さんたちじゃ」

「初めまして」

幽霊大学じゃないって。鐵さんは、いつも間違えるんだよ。

由佳さんはぼくらを見て挨拶した。

「こら八丁堀」慎之介は海月ちゃん越しに、小声でぼくに言った。「よだれを拭け。みっともないぞ」

「ああ……」

ぼくがあわてて言われた通りにしていると、鐵さんが由佳さんに言う。

「そうじゃ由佳ちゃん。セデ子さんから『立ち呑みの日』の話は聞いたかな」

ええ、と由佳さんは鈴を転がすような声で答える。

「凄く楽しみなんだけど、一緒に行く予定だった友だちが、みんな行かれなくなっちゃって」

「そりゃあ、残念じゃな」

「でも、せっかくの企画だから、どうしても参加したいし。誰か一緒に行ってくれると嬉しいんだけど」

ああっ！　叫んだのは慎之介だった。

「いやあ奇遇《きぐう》です」と言うなり立ち上がった。「ついたった今、俺たちも鐵観音さんから『立ち呑みの日』のチケットをいただいたばかりなんですよ」

「えっ。じゃあ、あなた達も行かれるんですか？」

「何をおっしゃっているんですか。こんな素晴らしい企画に参加しない奴の気が知れません」

「まあ、嬉しい」由佳さんは喜んだ。「良かったね、お祖母ちゃん。賛同してくれる人たちがいて」

「当たり前じゃないすか。俺なんか、前の日から徹夜で並ぼうかと思っていたくらいなんですから」

「親戚の人が企画したから、できるだけ大勢の人たちに参加してもらいたくって」

「そうでしょうそうでしょう。ここにいる人間は、未成年の青年だけ除いて、全員参加します」

「お、おい、ちょっと待って――」

「ありがとう!」由佳さんは両手を差し出した。「感謝します」

「いや、そんな感謝などいりません」

「こ、こら、慎之介。またお前はそんなこと――」

「本当に素晴らしい企画ですからね。十一月十一日は『立ち呑みの日』で決まりでしょう。どうして鎌倉・室町時代からなかったのか、それが不思議だという話を今、彼らとしていたところです」

「嬉しいね、お祖母ちゃん! そうだ。あの……もしよろしければ、私もご一緒して良いですか」

「へ?」

慎之介の体が固まった。すると、

「こら、由佳」セデ子さんがたしなめる。「お前はまた、そんな勝手なことを言って」

「でも……。一人じゃつまらないから」

「あの学生さんたちだってね――」

「お祖母さま」慎之介が胸を張る。「お気遣いは無用です。というのも俺たちは、いつも五人で行動しているのです。しかし今回、青年が涙を呑んで不参加ということで、一人欠けてしまっていたので悩んでいたのです」

「おお」と鐵さんも言う。「それで先ほど、何だかんだと言っておったのじゃな」

「まさにその通りです。こら、八丁堀」

「な、なんだよ」

「由佳さんに、お礼を言いなさい。おかげで我々も無事に参加できることになった」

「あ、あのね――」

いやいや、と鐵さんも破顔した。

「良かったのう、由佳ちゃん。これも仏様のお導き、ご縁じゃ。彼らとご一緒させてもらいなさい。彼らは、ああ見えてもなかなか良い学生さんたちのようじゃからな」

「はい」

「ただ……」

「ただ、何か？」

真っ赤なトマトを膨らませたような顔で尋ねる古都里ちゃんに、鐵さんは急に真顔に戻って言う。

「立石の町には、ちと恐ろしい言い伝えがあってのう」

「恐ろしい言い伝え……って？」

「また、鐵さんたら！」由佳さんは顔をしかめて、鐵さんの肩の辺りをパシリと叩いた。「すぐに、そんな変なことを」

「いや、由佳ちゃん。こういうことは、きちんと彼らに伝えておいた方が良いのじゃ。何しろ、江戸川幽霊大学の学生さんじゃからのう」

「幽霊大学じゃないんですけど」

「いや実は」と鐵さんは古都里ちゃんの言葉を無視して言う。「あの町には、出るんじゃよ」

「何が？」

「もちろん、幽霊じゃ」

「は？　まさか」

「本当じゃ」鐵さんは、目をかっと大きく見開いた。「だからわしは由佳ちゃんに、一人で行ってはならぬと言っておったんじゃ」

「また、鐵さん――」

「もしも何かあった時には、大変なことになるからのう」

「大変なことって？」

「それが分からんから、大変なんじゃ」

それって――、と慎之介が恐る恐る尋ねる。

「一体、どんなことがあったんですか……」

「そもそもの原因は」と、鐵さんは首をカクリカクリと動かすと、ゆっくり口を開いた。「もう四十年も前の話じゃ。柴又帝釈天《しばまたたいしゃくてん》の近くに、竹《たけ》ノ塚松太郎《つかまつたろう》と、亀有鶴成《かめありつるなし》という飲み仲間が住んでおった。この二人はよく仕事帰りに飲みに行く約束をしていたんじゃが、その頃はケータイ電話なんぞありゃせんかったもんで、いつも小岩駅の伝言板を使っとった」

ああ、と慎之介が頷いた。

「幼少のみぎりには、よく見かけましたよ。改札口の脇に、小さな黒板みたいな物が立っていた」

「それじゃ。松太郎と鶴成の二人は、その伝言板でやり取りをしておった。ところがある日、鶴成が伝言板を見ると『立呑み八時　松太郎』と書かれていたという。しかしこれでは、場所が分からんし、まだ時間があった。そこで鶴成は駅前のパチンコ屋に入って、時間を潰すことにした。もしかしたら松太郎が、書き直しにやって来るかも知れんと思ったらしい。ところが結局その日、二人は会うことができず、数日後たまたま金町《かなまち》のもつ焼き屋で会った。そこで鶴成は、先日の話をした。すると松太郎は、烈火の如く怒ったそうな。どうして来なかったんだ、場所が分からん、ちゃんと書いた、嘘を吐《つ》くな、パチンコをしたかっただけだろう金を捨てるだけのくせに、松太郎なんて名前だから待つのが決まりだ、などと二人は、酒も入っていたために大喧嘩になってしまった。もともと二人とも正義感が強く、決して約束を破らないという硬骨漢《こうこつかん》だったようだからの。そして、店の外で揉めているうちに、松太郎は電柱に頭を打ちつけて亡くなってしまったんじゃ。これは全くの事故じゃった」

南無阿弥陀仏《なむあみだぶつ》、と鐵さんは手を合わせる。

「一方鶴成は、それを後悔し続けての。毎日、立石の酒場で浴びるように酒を飲んでおった。しかし、やがて鶴成は、立石の自宅のアパートで、首を吊って死んでいるのを大家さんに発見された。ところがじゃ——」

鐵さんは、急に低い声になって、じろりとぼくらを見た。

「それ以降、立石の酒場では、死んでしまったはずの鶴成が立ち飲みをしている姿を、何人もの人間が目撃するようになった」

「そんな。そいつは気のせい——」

震え声で笑い飛ばそうとした慎之介に向かって、

「違う！」

いきなり鐵さんは、片手に握った数珠《じゅず》をじゃらりと突き出した。いつの間に持ってたんだろうね。

「ひっ」

と大きくひるむ慎之介に向かって、鐵さんは言う。

「それは、鶴成の浮かばれぬ亡霊じゃ！　その証拠に、あの町で立ち飲みをしとると、不可思議なことが次々と起こる。和洋逸品料理のスタンドバー『W4《ウホ》』では、夏に冷や奴を頼んで、ちょっと目を離しておると、いつの間にかその上にかかっていた鰹節がすっかりなくなっているという。また、串揚げ専門店の『串揚げ100円ショップ』や、大阪スタイルの串かつ専門店『毘利軒《ビリケン》』では、知らぬうちに、飲み終わったグラスの数や、食べ終わった皿の数が増えていることがあるという。イタリアン・オープンダイニング『炙《あぶ》り——ABURI』では、店内で突然、謎の異国の言葉が聞こえてくるという。また、隠れ家的酒場『ジバラ』では、飲み物が突如として今まで味わったことのない味の酎ハイに変わっているという。そして、ワインと酎ハイのカウンターバー『宙《そら》』では、毎日開店から閉店まで、カウンターの隅のイスに人影が見えるという。南無阿弥陀仏——。立ち飲み思議《しぎ》すべからず。全て真実じゃ」

本当かね。

というより、ずいぶん細かく具体的な話じゃないか。

でも、飲み食いし終わった後のグラスや皿の数が増えてるなんてのは、慎之介だったらありそうだ。何といってもこいつは、飲み終わった後でラーメン店を二軒はしごしても、翌日は何も覚えていなかったという逸話がある。

その慎之介が言う。

「そっ、それは恐ろしい話ですね……。身の毛がよだちます」

「げに恐ろしいであろう」

「もう止めなさいよ、鐵さん」かのえさんが苦笑した。「せっかく、みんなで行こうとしてるんだから」

「でも、かえって興味津々《きょうみしんしん》」由佳さんが、快活《かいかつ》に宣言した。「ねえ、そうでしょう」

「あ、ああ……。もちろん、そうですね……」

前にも言ったと思うけど、慎之介は幽霊やお化けが大の苦手でね。遊園地のお化け屋敷に入って、泣き出さなかったことが一度もないくらいなんだ。おそらく今、こいつの心の中は、由佳さんとの立ち飲みを選ぶか、幽霊からの退避を選ぶか、物凄い葛《かっ》藤《とう》の嵐が吹き荒れているんだろう。

「そういえば千波ちゃん。こういった話、得意じゃない」

古都里ちゃんが千波くんに言った。実際、千波くんは、ぼくらの大学で起こった、幽霊絡みの事件をいくつも解決してる。

「でも」千波くんは、申し訳なさそうに答えた。「ぼくは本当に無理です。何かあったら、ぴぃくんや饗庭さんにお願いします」

本当を言うと、ぼくだってちょっと恐かったけど、

「私、全然平気」由佳さんが、さらに溌剌《はつらつ》と言う。「凄く楽しみ！　幽霊が本当にいるのなら、会ってみたい」

「いや……実にその通りですね」

慎之介が青ざめた顔で頷いた。ついに決心がついたようだ。

「ほ、本当のところ、おっ、俺も興味津々なん……です」

でしょう！　と由佳さんは言う。

「じゃあ、みんなで行きましょうね。楽しみにしています」

そして待ち合わせ場所と時間を決めると、由佳さんは嬉しそうに店の奥に入って行ってしまった。

「おお、そう言えば」鐵さんが言う。「この辺り、小岩にはお化けや幽霊が出ないというのはご存知かな」

「本当なんすか！」

「ああ、本当じゃよ。何故なら、小岩にはお墓がないんでな」

「へえ。初めて聞きました、そんな話」

ああ、と鐵さんは真面目な顔で言った。

「小岩墓ない――恋は儚《はかな》いっての。かっかっかっか」

鉄板のオヤジネタだった。

そして鐵さんは会計を済ませると、例によって和服を夜風になびかせながら、颯爽《さっそう》と帰って行った。そしてぼくらも、もう一杯飲んで帰ろうという話になり、それぞれ飲み物を注文した。すると慎之介が、

「いや、しかし」と煮込みの残りを口に放り込んだ。「世の中には、色々な話があるもんだな。青年はどう思う。今の幽霊の話」

「どうもこうもありませんよ。おそらく、全部きちんと説明がつくでしょう」

「そうか……。まあ、それは実際に行ってみて考えよう。おお、そうだ。考えるといえば、青年。最近は青年と会う機会が減っているために、八丁堀のへんなクイズばかり聞かされて困っているんだ。何か、パズルはないか。少々、頭を使うやつは」

何を言ってるんだろうね、こいつは。

慎之介なんか、千波くんの出題するパズルを、今までただの一回だって解けたこと

がないんだよ。完全玉砕、討ち死にの連続だ。だからぼくは言ってやった。はなから解けやしないし、まして今は酔っ払ってる。二百パーセント無理だってさ。

すると千波くんは、炭酸レモンのグラスをカラリと揺らして笑った。

「じゃあ、とても単純なパズルを」

「単純なものでは頭の準備体操にもならないが、八丁堀のヘンテコクイズよりはマシだろう。言ってみなさい」

「はい。それでは問題です――。

饗庭さんが酔っている時は、ぴいくんも必ず酔っています。では、ぴいくんが酔っていない時、饗庭さんは酔っていないと必ず言えるでしょうか？」

「え……」慎之介は、ぐぐっと千波くんを睨んだ。「つまりそれは、ええと……何だって」

「とても簡単な問題ですが、引っかかってしまうと堂々巡りになります」

「そういう……ことだな。うん。俺もそう思う」

何がそういうことだよ。

こんな時こいつは、全く分かっていないんだ。酎ハイを三杯賭けたっていい。

「ええと、つまり俺が紳士的に飲んでいて、一方、八丁堀はだらしないから――」

「それは関係ないだろう！」

「いや、実に重要なポイントだ。特に八丁堀の隣で飲んでいる海月ちゃんにとっては、喫緊《きっきん》の問題だ。そうだろう」

「うん」

――って、海月ちゃんは頷いたけど、どうしてこんな時だけきちんと受け答えするんだよ！

まあ、いいか。

でも実を言うと、ぼくもこういった問題は余り得意じゃない。ぼくの好きなのは、例えばこんなやつだ。

問題。次の英文を訳せ。

My father is my mother.

答え。私の父は、わがママです。

「やっぱりそれって、どっちもアリなんじゃないの」

古都里ちゃんが赤ピーマン、いや、赤く塗ったカボチャみたいな顔で答えた。

「酔っているか酔っていないか、分からない」

そうだな、と慎之介も頷いた。

「大体、八丁堀は普段から、酔っているのかいないのか判別がつかない男だからな」

「いつも、ろれつが怪しいしね」

「よく犬に小便をかけられる上に、しょっちゅう痴漢に間違われてる」

「またいいかげんなことを！」

「いや、事実だ。よし、会計も終わったようだし、その問題に関しては、後でゆっくり考えることにしよう」

慎之介が逃避したところで、この日の飲み会はお開きになった。そしてぼくらは「立ち呑みの日」の待ち合わせ時間を確認して別れたんだけど、でもその当日、とんでもない事件が起こっちゃったんだよ。

それは、本物の殺人事件だった。

2

十一月十一日、当日。

古都里ちゃんは、普段の言動が余りにも悪かったせいだろう、酷い風邪を引いてしまって欠席だった。そのため立石に集合したのは、ぼくと、慎之介、海月ちゃん、そして由佳さんの四人だった。

海月ちゃんが良く参加したなと思ったら、この子は今まで一度も立ち飲みを経験したことがないっていうじゃないか。だから、とても興味があったらしい。驚いちゃったね。やっぱりもしかしたら、本物のお嬢さまなのかも知れない。そういえば服装も、ブランド物のブレザーだしね。

一方由佳さんは、ブルーのセーターに、ギンガムチェックのスカートだった。それがまた、ショートカットの髪に合っていて、側を通る人たちが、いちいち見て行く。

そんな由佳さんがぼくたちに向かって、

「でも……」と申し訳なさそうに言う。「四人じゃ、縁起が悪くないですか？」

「なっ、何をおっしゃっちゃっているんですかっ」

慎之介が明らかに寝不足の顔で否定した。

後から聞いたところによれば、この前夜は胸の鼓動が激しくて、殆ど眠れなかったらしい。ディズニーランドに遠足で行く小学生じゃないんだから、いい加減にして欲しいもんだよね。でも、こっそり告白してしまうと、実はぼくも由佳さんと飲みに行けるって想像しただけでドキドキして、良く寝つけなかったんだ。

「四は、とっても良い数字ですっ」

慎之介は、真剣な顔つきになった。

「素数ではない最小の整数ですし、列車の座席も四人掛け。四番バッターは最強打者。麻雀のメンツも四人なら、花札には四光《しこう》あり。東西南北、春夏秋冬、赤緑黒白、劇団四季」

慎之介は、「男はつらいよ」で寅さんがバナナを売ってる時みたいに、ペラペラとまくし立てたけど、四字熟語なんて言ったら、四苦八苦《しくはっく》とか、四面楚歌《しめんそか》とかがあるんじゃないか。きっとこんな時、鐵さんならば、四神相応《しじんそうおう》とか、四海兄弟《しかいけいてい》とか、もっと味のある受け答えをするんだろうけど、何せ慎之介だ。

しかしその情熱だけは、何とか伝わったようで、

「それならば、良かった」由佳さんは、白い薔薇のように微笑んだ。「先日の話で

は、みなさんいつも五人で行動されるとお聞きしたもので」

いやいや、と慎之介は首を振る。

「実を言えば俺たちは、基本的に四人で行動してるんです。そこにいつも、この小太りなショッキングピンク男がくっついて来るため結果的に五人になっているわけで、今回は全く問題ありません」

「じゃあ、大丈夫ですね」

「もちろんです。それに、今俺たちの手元には、鐵さんにいただいた四枚綴りチケットが五枚あります。そこに由佳さんの分を足すと、チケット枚数は合計で二十四枚。これを四人で使えば、今回参加登録店の六軒、全てを全員でまわることができます」

「まあ。とても賢い方ですね」

「いや、それほどでも。こんな計算など、日常的に」

というより、小学生の算数レベルの計算のような気がしたけど、黙っていた。というのも慎之介は、すっかり舞い上がってしまっていて、何か言おうものなら、またバカな受け答えをしそうだったからね。恥ずかしいよ、本当に。

「じゃあ、私もチケットを使わせてもらっちゃおうかな。甘えて良いですか」

「当然です」慎之介は、無意味に胸を張った。「そもそも、由佳さんの親戚の方の企画なんでしょう」

「そうね。じゃあ、遠慮なく」

「では参りましょう」

そんなわけで、ぼくらは一軒目の店「炙り――ＡＢＵＲＩ」に向かったんだ。


「炙り」は、お洒落なイタリアン・オープンダイニングだった。店名入りの赤いビニールテントには、どこかの貴族っぽい紋章が描かれていて、店内には大画面のモニターも設置されていた。カウンターの奥の棚には、ワインはもちろん、スコッチも大量に並んでいる。まだ時間は早いというのに、店も混雑していて、立ち飲み客が外まで溢れていた。すると、

「よう、ぴいすけ」

聞き慣れた声がした。

その全く抑制の利いていない様子と、微妙にへんてこりんなイントネーションで、すぐに誰か判別できた。酔っ払っている佐《さ》藤《とう》俊《とし》夫《お》くんだ。

俊夫くんは、以前に千波くんの実家のすぐそばに住んでいて、ぼくらも何度か一緒に遊んだことがある、万年留年大学生だ。そして彼の名前も、ちょっと聞くとごく普通に思えるが、良く聞くと調味料みたいだ。

「どうしたんだよ」やはり俊夫くんは、かなり酔っ払っていた。「ぴいすけも『立ち呑みの日』に参加したのか？」

「う、うん」

「そういえば、見事に大学生になったんだって？　いや、あんなに出来の悪かったぴいすけが、よくもまあ最高学府である大学なんぞに入れたな。うちの家族も全員で心配して――」

「あ、あのね、俊夫くん、ちょっと」

「どうだ大学生活は。無為な日々を、のんべんだらりと送ってはいまいか。光陰矢《こういんや》の如《ごと》し。疾風迅雷《しっぷうじんらい》。烏兎匆々《うとそうそう》。時の流れは速いぞ。特にぴいすけは、老い易《やす》そうだが学は成り難そうだ。四六時中、暗雲低迷」

「だ、だから、こっち」

ぼくは俊夫くんを引っ張った。店の中央からそんなことを怒鳴られても困るからね。周りの人たちは笑ってるし。

そして店の外で、ぼくは由佳さんたちを紹介した。

「おう、真っ黒塗《ぬ》り壁《かべ》男」

慎之介に向かって手を挙げる。慎之介は顔見知りだ。以前に二人で酔っ払ってバカ騒ぎしてたからね。

「そうかそうか、初めまして」俊夫くんは、由佳さんとだけ両手で固く握手した。

「実は、この店のオーナーの佐藤剛志《たけし》くんは、ぼくの知り合いでね。名字が同じだから意気投合して、とっても親しくなった」

それだけの理由で意気投合しちゃったら、日本全国あと二百万人くらいの人たちと親しくなれる。

「それで今回は、前夜祭から飲み続けてる」俊夫くんはゆらゆらと揺れながら言う。

「ちょっと酔っ払った」

「そんなに飲んだら、べろべろになるわけだよ」

「『酒有《あ》り、飲むべし、我酔うべし』——だ」

「あら」由佳さんが微笑む。「素敵な文句ですね」

「ぼくの心に深く刻まれている座右の銘です」

「誰の言葉？」

「ええと……西郷隆盛《さいごうたかもり》だったかな」

多分違うと思う。

「おお、それよりも、ぴいすけ。ぼくの彼女を紹介しよう」

俊夫くんはよろよろと再び店の中に戻ると、顔を真っ赤に染めた女性の手を引っ張って来た。小さくて可愛らしい女性だった。

「もう引き上げるから、挨拶だけ」

そしてぼくらは紹介し合う。彼女の名前は、言問《こととい》トト子ちゃんっていうらしい。名前も可愛らしいけど、でも万が一、俊夫くんと結婚でもすることになったら大変だね。早口言葉みたいな名前になっちゃう。

そしてぼくらが店の前で俊夫くんたちと別れようとすると、少し離れた場所で、男性二人と女性一人が口喧嘩をしていた。

「また、あいつらだ」俊夫くんが苦い顔で言った。「奴らは、この辺りの常連でな。名前も知ってる。向島渡《むこうじまわたる》と、吾妻一馬《あずまかずま》と、北千住南《きたせんじゅみなみ》だ。あの背の高い渡が、いつも時間に遅れるって言って、しょっちゅう言い合いしてるよ。全く嫌だね、若いくせにへんてこりんな酔っ払いになっちまって」

自分のことは棚に上げて解説すると「それじゃ」と俊夫くんは、トト子ちゃんを連れて歩き去ってしまった。そこでぼくらは「炙り」に入って、今日の特別メニューを注文した。すると、慎之介が口を開いた。

「酔っ払いは、実に迷惑ですねえ。おお、酔っ払うといえば先日、この男の親戚の青年から、単純なパズルを出題されましてね」

「どんなですか？」由佳さんは、ワイン片手に微笑んだ。「パズル、大好きなんです」

「趣味が俺と全く一緒ですね。では――」

と言って、慎之介はこの間の千波くんからのパズルを伝える。

慎之介が酔っている時は、ぼくも必ず酔っている。

では、ぼくが酔っていない時、慎之介が酔っていないと必ず言えるだろうか――？

「面白いですね」

「でしょう」

「簡単だけど、ひっかかると面倒臭い」

「そうですそうです」慎之介は、チラリと由佳さんを見た。「それで、答えは？」

「酔っていない、と必ず言えます」

「ほう。それは何故？」

こいつは結局、他人に答えを教えてもらおうっていう魂胆なんだ。しかし由佳さんは、メモとペンを取り出すと、にこやかに答えてくれた。

「表にすると簡単です。お二人で考えた時、酔っているかいないかという組み合わせは、たった四通りしかありません。饗庭さんと、こちらの――」

「八丁堀です」

「八丁堀さんとで、表を作ります。ここで、酔っていないを『○』、酔っているを『▲』にしましょう」

	饗庭	八丁堀
一、	▲	○
二、	▲	▲
三、	○	○
四、	○	▲

「この四通りだけです。さて、前提から饗庭さんが『▲』の時、八丁堀さんは必ず『▲』ですから、一番はあり得ません」

二番に丸をして、一番を線で消した。

「そしてここで、八丁堀さんが酔っていない時、つまり『〇』の時を尋ねられているのですから、この表より、饗庭さんは『〇』しか残っていません。つまり、必ず酔っていないんです。ちなみに、この表の通り、八丁堀さんが酔っている時は、饗庭さんが酔っているかいないか、それは分かりません」

「まさにその通りです」慎之介は目を丸くして答えた。そしてそのメモをもらって、自分の胸ポケットに丁寧にしまう。「正解です。さすが賢い」

「単純な問題でしたから」

「まあ、そうでしたね。子供のお遊び程度だ」

絶対に嘘だ。慎之介は解けていなかった。カルパッチョを、五人前くらい賭けたっていいよ。

ほろ酔い気分で「炙り」を出ると、ぼくらは線路沿いの道を歩く。

由佳さんはお酒が強いらしく、全く様子が変わっていなかった。しかし一方慎之介は、ワイン一杯で早くも酔いが回ってるようだった。本当に余り寝ていないらしくて、見れば目の下に隈《くま》ができてる。バカを地で行っている男だ。

また、海月ちゃんは海月ちゃんで、一応初めての体験で楽しんでいる――らしかった。余り会話がないから、確認のしようがなかったけどね。

だから千波くんでもいれば良かったんだろうけど、こんな変なメンバーで由佳さんに申し訳なかったよ、本当に。


ぼくらは、一、二分ほど歩いた先の京成線の踏切を渡る。駅を右手に見ながら、すぐに渡り終えると、正面には白い石の瑞垣《みずがき》に囲まれて、こんもりとした緑があった。

地元の神社だ。

「立石諏訪《すわ》神社です」由佳さんが教えてくれた。「諏訪大社の分霊《ぶんれい》を勧請《かんじょう》したんですって」

由佳さんの発言を、脳内漢字変換するのに少し時間がかかってしまったけれど、つまり長野県の諏訪大社の祭神《さいじん》を、ここでも祀っているっていうことだね。その祭神は、誰なのか良く知らなかったけどね。

線路際《ぎわ》酒場「W4《ウホ》」は、その神社の斜め前、線路沿いの、こぢんまりとした店だった。黒い建物に黄色のネオンサインが輝く、なかなかお洒落な立ち飲みバーだ。当然この店も、外までお客が溢れていた。

　ぼくらが入り口辺りでうろうろしていると、店の中からオーナーらしき男性が顔を出した。南永樹《みなみえいき》さんという人らしい。でも、こんなに混雑しているのに、オーナーが外でフラフラしていて良いのかと思ったら、店は美人店員が頑張って仕事をしているので大丈夫だという。その情報に激しく反応した慎之介が、お客を押しのけて中に入って行き、生ビールとつまみを四人分もらって戻って来た。

「綺麗な女性が二人、立ち働いていたぞ！」

　様子を伝える慎之介の隣で、やはり生ビールのグラスを片手に立ち飲みしていた初老の男性が、

「W４三姉妹の二人だよ」

　と教えてくれた。

　しかしその人の風体《ふうてい》も、どことなく怪しげでね。何しろ真っ白な髪をオールバックにして、白い顎髭を生やして、白いセーターに白いパンツ姿だったからね。慎之介と、まるっきり反対のコンセプトだ。

　ぼくらが一瞬言葉に詰まっていると、

「あ。いや、これは失敬」その人は笑った。「わしは、西村明照《にしむらあかてる》といって、この近く

に住んどる者ですわ。この『立ち呑みの日』を楽しみにしとりまして、今夜参加しました。どうぞよろしゅうに。やんけ」

などという、どこの方言か分からない言葉で自己紹介した。

しかし、例によって海月ちゃんが「え？」と答えてしまったために明照さんは、今と全く同じ文句を、最初からもう一度繰り返さなくてはならなかった。それが終わると、つけ加える。

「今いる彼女たちは、安藤奈津《あんどうなつ》ちゃんと、新井《あらい》カンナちゃんですわ。あの丸い顔の子が、奈津ちゃんでね。良く働くんですよ。ちなみにオーナーの南さんは、たまに仕事しとりますよ」

これも、変わった名前の女の子たちだね。

そんなことを思っていると、特別メニュー以外に、冷や奴を頼んでいる男性がいた。見ると、この店の冷や奴には、荒削りの鰹節が、豆腐が見えなくなるくらい山のようにかかっていた。すると店の奥から奈津ちゃんらしき女性が叫んだ。

「コバさん！　外で食べないでね。鰹節が風でみんな飛んで行っちゃうから」

確かにそうだね。

じゃあ私はお先に、と駅に向かって歩き出した明照さんを見送っていると、

「あら」由佳さんが、夜道を指差した。「あんな所に、小さな男の子がいるわ」

その声にぼくも目をこらす。すると確かに電信柱の陰に、野球帽をかぶった小さな男の子が怯《おび》えたように立ち竦《すく》んでいて、じっと神社の方角を見つめていたんだ。これが家の中だったら、おそらく座敷童《ざしきわらし》だと思って手を合わせてしまっただろう。そんな雰囲気だったよ。

ぼくらは「W４」の外で生ビールを一杯ずつ飲んで、つまみを食べると、次の店に移動することにした。


ブラブラと少し歩いて行くと、神社の裏手、広い通り側に人だかりがあった。野次馬が大勢集まって、わいわいと騒いでいたんだ。しかもその時ちょうど、けたたましくサイレンが聞こえてきてパトカーと救急車までもが到着した。

「何事だ？」慎之介が、ゆらりとそちらに近寄って行った。「ちょっと様子を見て来ますから、姫たちはこちらで」

誰が「姫」だよ、全く。

するとパトカーの中から、見たことのある刑事さんが降りて来た。あの、ピチピチのスーツに大きな体を押し込んだ、ボンレスハムみたいな男性は、間違いなく蜜柑山《みかんやま》権三郎《ごんざぶろう》さんだ。

蜜柑山さんは、慎之介の親父さんの部下なんだよ。そして慎之介本人も、警察の道場で剣道の稽古をしてたから、警察関係にとっても知り合いが多い。その中には、犯人逮捕後に並んで歩いているとどっちが犯人だか分からないような、麻薬取締官の苺《いちご》谷鉄蔵《たにてつぞう》さんなんて人もいる。

慎之介は、蜜柑山さんと少しだけ口をきいていた。さすがに蜜柑山さんは緊張の面持ちで、ゆっくり話をしている余裕もなかったようだったしね。

やがて慎之介は戻って来ると、ぼくらに報告する。

「あそこの神社で、殺人事件があったらしい」

「殺人事件だって！」

「本当ですか！」

「えっ？」

「何時《いつ》、誰が、誰を、どうやって？」

「分からんが」慎之介はぼくらを見た。「男女二人が、死んでいたそうだ。女性は首を絞められて、男性は石の鳥居に頭を打ちつけて」

「どういうことだよ、それ？　ひょっとしてその男性が犯人で、あわてて逃げようとして、神罰が当たって鳥居にぶつかったのかな。それとも、女性が男性を殺して、その後で自分の首を絞めたのか。いや、それは無理だろうから、もう一人誰かが関与してるのかな。どっちなんだ、慎之介。一体これは――」

「ごちゃごちゃうるさいぞ」

慎之介は、ぼくの口を大きな掌で押さえた。

「まだ蜜柑山さんたちも、現場に到着したばかりだから、これから調べるそうだ。余りべらべらとつまらんことを喋ってると、蜜柑山さんに訴えるぞ。ここに怪しい、ショッキングピンク男がいますってな」

「このセーターのどこが怪しいんだよ！」

「セーターは怪しくない。中身の八丁堀が怪しいと言ってる」

「ぼくはずっと、みんなと一緒にいたじゃないか。ねえ、海月ちゃん」

苦し紛《まぎ》れに呼びかけてしまったぼくに、海月ちゃんは珍しく返答してくれた。でも、その言葉は、

「幽体離脱《ゆうたいりだつ》」

――だった。

そんなバカな。

「あ、あのね――」

と呼びかけたぼくの言葉を遮って、由佳さんが口を開いた。

「さっきの子」

「え？」

「さっき、あそこに子供がいたでしょう。もしかしたらあの子、何かを見たんじゃない？　何となく様子が変だったもの」

「そういえばそうです！」

慎之介は大きく頷いた。

「よし。ちょっと蜜柑山さんに進言して来ます」

慎之介は再び野次馬を掻き分けて、蜜柑山さんのもとに走って行った。


　慎之介が戻って来ると、ぼくらは道路を渡って「串揚げ100円ショップ」に入った。この店と、すぐ近くの「毘利軒《ビリケン》」では、大阪スタイルの串揚げや串カツが食べられるんだ。ここではL字形のカウンターに沿って、ズラリとお客が並んでいた。マスターは、頓所雅克《かわいいまーちゃん》っていう人らしい。本当にそんなロゴの入ったエプロンを掛けてる。本当に変な人だね。でもカウンターの中で、張り切って仕事をしてた。

「でも、何だか恐いですね」

何とか入り込んだカウンターで、由佳さんが酎ハイのグラスを片手に言った。

「せっかく、こうしてみんなで楽しんでるのに」

いや、と慎之介が答える。

「大丈夫ですよ。あの蜜柑山さんは、実に有能な刑事さんだから」

「そうなんですか」

「はい。俺が保証します」

慎之介に保証されたところで誰も嬉しくないだろうし、何一つ現実は変わらないと思う。でも、由佳さんは嬉しそうに微笑んだ。

「でも、饗庭さんのお父様が、そんなに偉い刑事さんだったなんて知りませんでした。失礼しました」

「いえいえ」慎之介は胸を張る。「そんなこともありましぇん」

急に褒められたのと、寝不足に加えて酔いがまわってきたのとで、舌が回らなくなってる。すると、ぼくの隣で飲んでいたおばさんが急に、

「なになに。あなたたち刑事さんなの？　さっきのサイレンの音はなになに。何があったのどこから来たの？　あっ。もしかして、湾岸署《わんがん》から？　その彼女、女優さんみたいだものね」

なんて話しかけてきたんだ。良く見れば、ちょっと綺麗な顔立ちのおばさんだったけど、いかんせん酷く酔っ払っちゃっててね。ろれつも上手く回らないのに、ああだこうだと話しかけてくるんだよ。弱っちゃった。するとさすがに見かねたのか、

「もう帰りな、ぼあ子さん」雅克《まーちゃん》が、言った。「全く、いつもそうなんだから」

この女性は、やはりこの近辺の飲み屋さんの常連で、山田《やまだ》ぼあ子という名前らしい。変わった名前だけど、もちろんぼくは、それが本名かどうかは知らない。

「何でよ。まだ全然飲んでないよ」ぼあ子さんは言い返す。「もう一杯飲む」

しかし雅克《まーちゃん》は、

「ダメだよ。会計が終わったから。はい、お釣りだよ。三百万円」

と、ベタな決まり文句を言った。それから少し言い合っていたけど、ぼあ子さんは諦めて店を出て行った。

次の店「毘利軒」は数軒先の並びにあった。

黄色い看板と、黄色いビニールテントと、中に入るとやはりL字形のカウンターの角には「ビリケン」の人形が置かれていた。例の、とんがり頭に吊り目の像だ。日本では、大阪・通天閣のビリケンが有名だけど、アメリカの大学にもいるらしいよ。

まあ、とにかくぼくらはなんとか店の中に入る。本当に、どこの店も満員でさ。最初から立ち飲みだから良いけど、普通に座って飲んでたら、きっと全然入れなかっただろうね。

ここは、陶山《すやま》さんっていう夫妻で経営してる店らしい。だから、とてもアット・ホームな感じだ。ところがぼくらが店に入ると、また、ぼあ子さんと明照さんがいたんだ。ぼあ子さんなんかは、L字カウンターの中央あたりに陣取っちゃってね、串揚げにソースをつけようとして、

「こらっ。二度づけ禁止だぞ」

なんて明照さんに怒られてた。しかし全くめげずに、

「じゃあ、三度づけはいいの？　四度づけはどうよ？　奈良漬《ならづ》けは？　夜の木陰《こかげ》の口づけは？」

酷くつまらない、オヤジ――いや、おばさんギャグを言って一人で笑ってた。そして、明照さんに、

「膝がカックンとしたら帰る。それが立ち飲みのルールだ」なんて言われてた。

やがて明照さんは、入り口近くに立っていたぼくらの姿を見つけて、

「おうおう。きみら、こっちにおいで」

と手招きする。そこでぼくらが、無理矢理店の中央に入って行くと、明照さんはぼあ子さんの背中を押し出して、場所を作ってくれた。ぼあ子さんは、まだ何か文句を言っていたけど、運動会の大玉送りのように、そのまま店から弾き出されて夜の町に消えて行ってしまった。

「全く迷惑な客だ」明照さんは酎ハイのグラスを傾ける。「立ち飲みには立ち飲みなりの、決まりってもんがあるんだ。それを守れない奴は、飲む資格がない。そう思うだろう」

はい、と由佳さんも酎ハイを注文しながら頷く。

「どんな世界にも、ルール・マナー・エチケットは必要です」

「おう。良いお嬢さんだな」

明照さんは、両手で由佳さんの手を握った。そして、

「そうそう。さっきのパトカーのサイレンは、何だったんだね」

なんて尋ねてくるから、ぼくは立石諏訪神社での殺人事件の話を、小声で伝えたんだ。すると明照さんは、

「へえーっ」と驚いた。「そんなことがあったんかね。それで、犯人は？」

「まだ全く何も」

「ということは、もしかしたら、この『立ち呑みの日』イベントに紛れ込んでるかも知れんな」

「その可能性はあるでしょう」赤い顔で慎之介が言った。「だから、私服の刑事さんたちも数名、潜伏してるんじゃないかな」

「そりゃあ大変だね。立石まで来て酒も飲めないんじゃ、生きている甲斐がないな。刑事さんたちも可哀想だな」

「それが彼らの仕事すからね。だから、怪しい人間は片っ端から職務質問されるんじゃないかな、八丁堀みたいな」

「どうして、ぼくなんだよ！」

「ぼあ子さんも危ういな」

「鬼か幽霊みたいな顔つきで歩いて行ったしね」

「こらっ。また八丁堀はそういう話をする。子供じゃないんだから止めなさい、幽霊の話など」

　いいや、と明照さんが笑った。

「幽霊って、意外と我々の身近にいるんじゃないですかねえ。誰も気づいていないだけで」

　すると慎之介は、

「おお、そう言えば、今日のサッカーはどうなったかなあ」

などと、あからさまに話題を逸らして酎ハイを飲んだ。

　やがて明照さんは「それじゃ、お先に」と言って店を出てしまい、それからぼくらはもう少し飲んでいた。


　ぼくらが「毘利軒」を出て、一旦駅の方角に向かっていると、

「あっ。あの子です！」

由佳さんが指を差す。すると立石駅の階段下、仲見世《なかみせ》通りの入り口辺りに、野球帽を被ったさっきの少年がいた。しかし今度は一人じゃない。蜜柑山さんたちに囲まれて、保護者らしき男性と一緒にいた。

慎之介がヨタヨタと駆け寄り、ぼくらもヨロヨロと近づいた。すると、ぼくらに気がついた蜜柑山さんは、

「ああ。先ほどはどうも」なんて慎之介に言う。「この少年ですね」

はい、と慎之介に代わって由佳さんが答えた。

「間違いありません。全く同じ服装ですし」

ありがとう、と蜜柑山さんは軽く頭を下げた。

「やはりこの少年が、犯人らしき人物を目撃したそうです」

えっ。

驚くぼくらに向かって、蜜柑山さんは手短に説明する。

この少年は地元――「炙り」から少し商店街に入った場所で開業している「南加内《なんかない》科《か》」の一人息子で、南加《なんか》優太《ゆうた》。そして、優太くんの側で、苦い顔をして立っている男性が「南加内科」の院長、南加史郎《しろう》ドクターだそうだ。

そしてやはり優太くんは、あの時、諏訪神社から飛び出して行った男性の姿を見たのだという。でも、薄暗がりだったから、本当に男性だったのかどうかは分からないって言ってた。実際、由佳さんみたいに、ボーイッシュな女性もいるからね。

その後、犯人らしきその人物は、神社の裏口――つまり、さっきぼくらが蜜柑山さんたちに会った場所――から、京成の線路と反対側の、奥戸《おくど》街道目指して走って行ってしまったらしい。

「現場は見た？」

蜜柑山さんが少年に尋ねると、その子は俯いたまま首を横に振った。

「……ううん」

「何も見ていないんだね」

「……うん」

「じゃあ、走って行ったその人物は一人だった？　他に誰か見かけなかったかな」

「……一人だった」

と答えるなり、優太くんは泣き出してしまった。やっぱり、恐かったんだろうね。

「そんなことより、どうしておまえはその時間に、そんな場所にいたんだ！」

それまでじっと黙っていた史郎ドクターが、優太くんを大声で叱りつけた。

「だから、殺人事件なんてものに巻き込まれるんだ！　母さんがいないからといって、父さんは、おまえを少し甘やかしすぎたようだな」

がんがん怒鳴る。

優太くんは、史郎さんの太腿にすがりつくようにして、肩を大きく震わせてる。もう一方の手で、一所懸命に顔をこすってた。可哀想になっちゃったよ。

実を言うとぼくは、子供に泣かれるっていうのが本当に苦手なんだ。特に妹なんかに泣かれた日には、名月だって取って来ようと思っちゃう。

「第一、宿題はすんだのかっ。塾の予習復習はっ。一体、何をやってるんだおまえは。早く帰るぞ！」

いや、と蜜柑山さんは止める。

「待ってください。もう少し、お話を」

「どうして？　もう必要なことは全てお話ししたはずです。私だって忙しいんだ。あとは、あなた方の仕事です。さあ来い、優太」

しかし蜜柑山さんは、必死に押し止め、あと何点か話を聞き出していた。やがて二人が解放されて、史郎さんと、そのジャケットの裾をしっかり握り締めたまま優太くんが行ってしまうと、蜜柑山さんがぼくらに言った。

「史郎さんが心配して、優太くんをここまで捜しに来たらしいんですよ。でも、どうしてあの少年は、諏訪神社の側なんかに立っていたのか……」

「まさか、立ち飲みしようとしていたわけじゃないでしょうしね」

慎之介が真面目な顔でバカなことを言う。

「ああ、そういえば蜜柑山さん」

「なんですか」

「事件の被害者の身元は、分かったんすか」

ああ、と蜜柑山さんは答える。

「絞殺された女性は、錦糸町《きんしちょう》のスナック店員の、筒井筒美沙《つついづつみさ》、二十五歳だった。関係者に連絡を取ったところ、近々、本郷《ほんごう》に自分のエステの店を出すことになったから、スナックを辞めるんだと嬉しそうに言っていたそうだよ。そして、頭部挫傷《とうぶざしょう》の男性は、向島渡という学生だった。二人の関係は、まだ分かっていないがね」

「向島渡って――それ！」

「知っているのか？」

はい、と由佳さんが身を乗り出した。

「さっき見かけました。線路向こうの『炙り』で」

「何だとっ」

色めき立つ蜜柑山さんたちに、由佳さんが説明する。「炙り」の外で、男女三人が口論していた、そのうちの一人だと――。

「相手の二人の名前は、確か……吾妻一馬と北千住南、でした」

ありがとう、と蜜柑山さんたちは軽く頭を下げた。

「何か分かったら、慎之介くんの携帯に連絡します」

と言って、蜜柑山さんは由佳さんの手を両手で固く握り締めた。

どうやら由佳さんは、誰もが両手で固い握手をしたくなる雰囲気を持っている女性のようだった。

無線で連絡を取りながら、パトカーに向かって足早に去って行く蜜柑山さんたちを見送って、ぼくらは次の店に向かうことにしたんだ。

人通りの多い駅前商店街ではなく、一本横道にそれた立石仲見世通りを歩いて、「宙《そら》」に向かった。この仲見世通りには、洋服屋さんやら、人形焼き屋さんやら、乾物屋さんやら、おそば屋さんやら、一体何をメインで売っているのか分からない謎の店やら、色々な商店が軒を連ねているんだ。

由佳さんは顔をほんのり染めて、ショートカットの髪を揺らしながら楽しそうに歩く。一方ぼくら三人は、もう相当に酔っ払っていた。もう四杯も、しかもチャンポンで飲んでるんだからね。

でも、せっかくだからあと二軒、きちんとまわるつもりだった。慎之介は、野村萬《のむらまん》斎《さい》演じる狂言の舞台のように綺麗な千鳥足《ちどりあし》だし、海月ちゃんなんかも「大丈夫？」と尋ねると、

「えっ……く」

なんて返事が戻ってきたりしてね。でも、多分平気だろう。少なくとも慎之介よりは、真っ直ぐに歩いていたし。

そんなことで「宙」まで来たんだけど、ここも人で溢れかえっていた。

何しろ、三坪しかない立ち飲みワインバーなんだよ。人垣でカウンターも見えないほどだった。そこでぼくらは「宙」にはまた改めて最後に寄ることにして、奥戸街道を渡った先にある「ジバラ」に行くことにしたんだ。そこは、キャパシティが大きいっていう話だったからね。

ローソンの前の信号を渡って「ビリヤード」という古い看板のかかった細い路地を行くと、左手に「ジバラ」というお洒落な看板が見えた。慎之介は「ビリヤード」という文字に酷く惹かれたようだったが、今日はとても無理だ。手玉《てだま》を的玉《まとだま》に当てるどころか、手玉にキューを当てるまでに二十回くらい突き出しそうだったからね。

自転車がすれ違えないくらい細い路地の中ほどにある建物の二階に「ジバラ」はあった。本当に隠れ家のような居酒屋だ。

ぼくらは、建物の奥の階段を上って店に入る。今日はカウンターのイスを全部片づけちゃってるけど、普段はここで座って飲めるらしい。そして、店の奥には普通にテーブル席もあった。

すると、その隅でイビキをかいている変な男がいると思ったら、何と俊夫くんだった。結局「炙り」で別れてから、あのまま家に帰らずに、この店にやって来てしまったらしい。もしかすると、ここに到達する前に、もう一軒くらい立ち寄ってるかも知れない。そこでぼくは俊夫くんに近づくと「俊夫くん！」と肩を揺すって呼びかけ

た。すると俊夫くんは、

「はい……。ぼくは、佐藤俊夫です。今回、フランス語と日本史を落として留年しました……」

などと、いつもの寝言で自己紹介する。

「起きなよ、みっともないから！」

「はい……ラテン語は最初から無理でした……」

「お店の人に迷惑だってば！」

「あ」俊夫くんは目をこすって欠伸《あくび》した。「なんだ、ぴいすけじゃないか。せっかく楽しい大学生活の思い出に浸っていたのに……。あれ。ここはどこだ？」

「『ジバラ』だよ」

「ああ。まだ立石だったか」

「トト子さんは、どうしたの？」

「あれ？　ついさっきまで一緒にいたんだが……」

ぼくらが店内を見回すと、

「あきれ返って、帰っちゃったよ」

マスターの脇本啓幸《わきもとひろゆき》——通称「ワッキー」がカウンターの向こうから答えた。

「もう知らないってさ」

「何だって！」

俊夫くんは顔色を変えて飛び起きた。

「どうして起こしてくれなかったんだよ、ワッキー！」

「二百回くらい起こそうとしたよ」

「わしも手伝ったぞ」

とカウンターで言ったのは、例の白髪白髭白無垢《はくはつしろひげしろむく》の、西村明照さんだった。どうやら、ぼくらと全く同じルートで飲み歩いているらしい。

俊夫くんはすっかり肩を落として、店を出て行こうとしたんだ。でも、足元がおぼつかなかったから、ぼくが途中まで送って行くことにした。駅まで一緒に行こうと言うぼくに、俊夫くんは一人で帰れるから、と断った。

「一人で帰れる。天罰覿面《てんばつてきめん》、人生流転だ」

でも、さすがに横断歩道は危ないから一緒に渡った。そしてぼくらはそこで別れ、俊夫くんの姿が人混みに消えて行ってしまうと、ぼくは一人「ジバラ」に戻ろうとした。すると細い路地の向こうに、怪しい人影が見えたんだよ。わりと大柄な老人だった。その老人が、物陰からじっと「ジバラ」を見上げてたんだ。

でも、ぼくの姿を見つけると、今度はじろじろとこちらを見た。その途端に、ぼくは背すじが寒くなっちゃった。背中に氷を投げ入れられたみたいでさ、酔いが一気に醒めちゃうほどだった。そこでぼくは、あわてて階段を駆け上って店に入った。とにかく、そこから逃げ出したかったんだ。

するとカウンターでは、

「へえ！　この店の酎ハイは、焼酎を自家製のジュースで割ってるんですか。そういえば少し、コーラの味がした」

慎之介が、のんきにグラスを傾けてた。しかしぼくの姿を認めると、

「おう、どうした八丁堀。そんなに息を切らして。俊夫さんは、無事帰路に就いたか？　おい。顔色が悪いな。悪酔いしたか？」

なんて言う。そこで、ぼくはみんなに告げた。

「今、下の路地にね、変なおじいさんが立っててさ。じっと、こっちを見てたんだよ！　凄く恐かった」

その老人は、と明照さんの目がギラリと光った。

「大きな鼻で、赤い目をした、大柄の老人ではなかったかな」

「暗がりでよく見えなかったけど、そうかも知れない」

「ふん……」

「なんすか？」慎之介が、それこそ顔を真っ赤にして言う。「大きな赤鼻のトナカイ？」

「違う」明照さんは首を振った。「いつも、何だかんだと色々なことに口を出してくる、うるさい老人だ。もともと土地の人間のようだから仕方ないんだがね。わしらは、非常に迷惑して困っとる」

「知り合いすか」

「ああ。ちょっとだけな」

明照さんは苦々しげに答えた。

だからその老人は「うるさい野上《のがみ》」って呼ばれてるらしかった。

「野上さん、っていうんすか」

「サルタだ」

「サンタ？　やっぱり、赤鼻のトナカイじゃないすか」

きっと、野上猿太《さるた》っていうんだろう。この人も、変わった名前だね。

「嫌な奴が来たな」明照さんは鬱陶《うっとう》しそうに言うと、「じゃあ、またな」と店を出て行ってしまった。本当に嫌いらしい。

一方ぼくらは、ちょっと休憩を挟みたかったし、マスターのワッキーが諏訪神社殺人事件の話を聞きたいというので、ここでその経緯《いきさつ》を話すことにした。「ジバラ」はわりと広いから、少しゆっくりできるしね。

「何だか恐いね」ワッキーは言う。「どうしてまた、この『立ち呑みの日』で事件が起こるんだ」

「きっと犯人は」慎之介が答えた。「立ち飲みが嫌いだったんじゃないすかね。それで、わざわざこんな楽しい日を狙った」

「まさか」ぼくは笑った。「そんなことのために、人を殺すわけないじゃないか。どうしてそういうバカげた発想になるのさ。試験を休むのに、自分の叔母さんを『殺す』のとわけが違うんだからね」

「いや、分からんぞ。世の中は広い。八丁堀みたいな男だって、現に存在してる」

私――、と由佳さんは言う。

「あの優太くんの言動が、ずっと引っかかってるんです。いえ、何となくですけど」

「どういう意味ですか、姫」

慎之介の中で由佳さんは「姫」で確定したらしい。

「理由はまだ分かりません。でも、電柱の陰に立っていた優太くんは、かなり思い詰めた顔つきをしていた。もしかすると、殺人の瞬間を目撃していたのかも」

「なるほど。しかし彼は、何も喋らなかった」

「ひょっとすると、犯人に脅されたのかも知れません」

「ということは、彼はまだ全部を語っていない？」

「その可能性もあると思います」

「大変だよ、慎之介！　じゃあ早く、蜜柑山さんたちに連絡を取らないと。すぐに保護してもらわなくっちゃ、優太くんが危ない」

「いや。彼は父親と一緒に家に帰ったはずだから、その点は心配ないだろう。しかし……そうなると、奥戸街道方面に向かって走って行った人物がいたという話も、怪しくなってしまうな」

「そうだね！　もしかすると、本当に犯人はこの『立ち呑みの日』の客の中にいるかも知れない」

「それは、最初からそう思ってる」

「最初から、って。どうしてさ？」

「まさかきみは、この事件の犯人は通りすがりの男性でした、などと言うつもりじゃないだろうね、ワトスンくん」

「え？　それじゃ、いけないのか」

いいか八丁堀、と慎之介はゆらりとぼくを見た。

「そういう結末は、ミステリの世界ではあり得ないんだ」

「はあ？」

「必ず、我々の身近に犯人はいる。それがルールだ。そうですよね、姫」

なにが「そうですよね、姫」だよ。

本当にこいつは、救いがたい変人だ。現実も小説も、ごっちゃになっちゃってる。

そういえばこいつは、生まれて初めて読んだ本が、ホームズだかポワロだかで、それ以来ずっと不幸な人生を歩み続けてるんだ。そしてついこの間までは、大学に入学したらミステリ研究会に入会するなんて主張してた変人だったよ。

「犯人が、私たちの身近に？」

「確率は、非常に高いです」

慎之介はくそ真面目な顔で、由佳さんに頷いた。

「犯人は、必ず犯行現場に戻るといいますからね。しかも、木の葉を隠すならば森の中。人が大勢いる場所の方が、かえって目立たない。優太くんには、逆方向に逃げたと証言させ、実は今もこの立石の町にいて事件の経過を観察している」

「それは……一理あるかも知れません。犯人にとっては、危険な賭けですけどね」

「犯人は、どっちみち危険を冒しているんです。すでに一か八かですよ。それに、事実とても怪しい人たちが何人かいました。まず、今の真っ白オヤジです」

「明照さん？」

「はい。服の色合いからして尋常ではなく怪しいですが、どうもあの人は俺たちを監視しているような気がしてたのですよ、姫」

「どうして私たちを監視する必要が？」

「俺たちが、優太くんの存在を蜜柑山さんたちに通報してしまったからです」

「ああ、そういうこと」

「ひょっとすると、もっと情報を持っていると考えているのかも知れない」

「でも」ぼくは言った。「明照さんは、殺害時刻の頃には『W４』にいたじゃないか」

「愚か者だな、全く」慎之介は、酎ハイをカラリと空けた。「『W４』からあの諏訪神社の殺人現場まで、立木の間を縫って裏手の瑞垣を乗り越えてしまえば、一分足らずでたどり着ける」

「あっ。なるほど……」

由佳さんは頷いたけど、ぼくは尋ねた。

「じゃあ、どうして今急に帰っちゃったのさ。野上猿太さんが、何か関与してるっていうの」

「そのじいさんも怪しいな。もしかすると仲間か、あるいはそれこそ現場を目撃していたのかも知れん」

「だから、明照さんを見張ってたって言うのか？」

「そうかも知れんが、そうでないかも知れん」

一体どっちだよ。

「だが、実はもっと怪しい人物がいるぞ」

「それは？」

「山田ぼあ子だ」

「ぼあ子さん？」

「そうだ。あのおばちゃんは、何だかんだと口うるさすぎる。喋りすぎるのは何かを隠している証拠だと、かのエラリー・クイーンが言っていた」

嘘か本当か、そんなことを言う。

しかし良く考えれば、確かにぼあ子さんには、殺害当時のアリバイがない。というのも今回の立ち飲みは、一店舗にいられるのは基本的に三十分っていうルールがある。ぼくらが、あの「串揚げ１００円ショップ」に入った時は、もう六時半を回っていたから、ぼあ子さんは少なくとも六時前には入っていたはずだ。でも「Ｗ４」にはいなかった。ということは、それまでどこで何をしていたのか……。

「実に怪しいぞ」慎之介は言う。「俺は、実のところあのおばさんが犯人ではないかと思ってる。いかにも犯人っぽい明照さんよりも、良い感じだ」

何が「良い感じ」だよ、全く。

やっぱり最後は怪しい結論になっちゃった。しかし、いつもこいつの話はこんな程度だ。ぼくも海月ちゃんじゃないけど「え？」って聞き返したかったね。

そしてぼくらは「ジバラ」を出て、改めて「宙」へ向かうことにしたんだけど、事件はまだ収まっていなかったんだ。

ちょうど細い路地を出た時だった。

再び救急車のサイレン音が響いてきた。信号の辺りに、野次馬もどんどん集まり始めている。ぼくらも、急いでよたよたと横断歩道を渡って、人垣の後ろから何事が起こったのかと覗き込んだ。

するると、電柱の側におばさんが一人、倒れ込んで唸っていた。救急車が到着して、救急隊員が駆け寄って来る。そして担架でおばさんを運んだんだけど、そのおばさんは何と、

「山田ぼあ子だ！」慎之介が小声で叫んだ。「一体、どうしたっていうんだ」

救急隊員の呼びかけに、ぼあ子さんは「うー」とか「あー」とか答えていた。

「後ろから突き飛ばされたのよ！」ぼあ子さんは訴えた。「頭、割れてない？　血は？　血はどうよ。それと犯人は誰！」

確かに出血していた。どうやら、道路際の電信柱に頭を打ちつけたらしい。ぼあ子さんはそのまま騒ぎながら、救急車で運ばれて行ってしまった。その後、そこにいた目撃者などの話を総合すると、こういうことらしかった。

本人は、後ろから突き飛ばされたと主張していたが、それはどうか分からない。しかし、信号待ちをしていたぼあ子さんが、いきなり車道に飛び出しそうになったのは事実だという。ところがその時、犬が大声で吠えかかったために、更に大きくよろけて電信柱に頭をぶつけてしまったのだという。ゴツン、という音が響き渡ったというから、かなりの勢いでぶつかったことは確かだ。

そこまで聞いて、ぼくらは「宙」へ移動する。

「どういうことだと思う？」

歩きながら尋ねるぼくに慎之介は、

「勝手によろけて倒れただけだろう」あっさりと答えた。「あんなに酔っ払ってちゃあ、仕方ない」

「でも、本当に突き飛ばされたんだとしたら、渡や美沙の事件と関係あるのかな」

「まさか。そんなの関係――」

と慎之介が笑って答えた時、

「あるかも知れません」由佳さんが、真剣な顔で言ったんだ。「ひょっとして……ぼあ子さんも、諏訪神社の事件を目撃していたのかも」

「まっ、まさか。だって、俺たちが『串揚げ100円ショップ』に入った時、あのおばちゃんは、殺人事件が起こったことさえ知らなかったんすよ」

「事件のことは知らなくても、それ以前に諏訪神社で何かを見ていた可能性はあります。もしも『串揚げ100円ショップ』の前に、『W4』に立ち寄っていたとしたら、通り道ですし」

「そうですよね」ぼくは何度も頷いた。「いきなり、串揚げの店であんなに酔っ払ったとは考えにくいし」

はい、と由佳さんは同意してくれた。

「むしろ、そう考えた方が自然です」

「しっ、しかし」慎之介は悔《くや》し紛れに反論する。「そうなると俺の、山田ぼあ子犯人説が、砂上《さじょう》の楼閣《ろうかく》と化してしまう」

何が砂上の楼閣だ。こいつの話は「W4」の冷や奴の上の鰹節より危ういよ。

でも――。

ぼくは、ふと思った。

もしも本当にぼあ子さんが、後ろから突き飛ばされたのだとすると、その時に犬が吠えかからなければ、彼女は間違いなく奥戸街道に飛び出して、車にはねられていたに違いない。そういう意味では、犬のおかげで命拾いしたことになるけれど……。

それは、全く偶然の出来事だったのだろうか？


「宙」は先ほどまでじゃないけど、まだ混み合っていたから、ぼくらは外でワインを立ち飲みすることにしたんだ。

この店のママさんは、高山美香《たかやまみか》さんという素敵な女性だ。救急車で運ばれて行ったぼあ子さんも、普段から常連らしい。

ぼくらが覗くと、カウンターの一番隅に、さっきもいた三十代のサラリーマンっぽい男性が、まだ座ってワインを飲んでいた。噂によればその男性は、津河原健一《つがわらけんいち》といって、毎日開店から閉店までここで飲んでるらしい。凄まじい人生を歩んでるよね。

そして、今日だけ手伝いに来ているという、美香さんのお兄さんの高山館《たかやまやかた》さんが教えてくれたんだけど、津河原さんはこの間、外から飛んできたゴキブリを見事に叩き落として、手元にあったおしぼりで潰したらしい。それで、店を守ったといってみんなから大喝采を浴びた。すると照れてしまった津河原さんは額の汗を思わずそのおしぼりで拭いてしまった、という武勇伝を持っているという。

その話も凄かったけど、高山館って名前も凄いね。「竹藪《たけやぶ》焼けた」に通じるところもあるし。

あと、店では諏訪神社殺人事件の話題も出てた。

美沙は、やはり渡に絞殺されたらしかった。

「嫌ね。恐いわ」

顔をしかめる美香さんに、

「大丈夫です」慎之介が何の根拠もなく請け合う。「今、知人が頑張っていますから。それより、渡の友人二人は関係なかったんすかね。吾妻一馬と、北千住南は」

「うん。あの二人は、ずっと『炙り』にいたみたいよ。渡くんが一人で、ちょっと出て来るから『W4』で落ち合おうって言ったんだって。それで、後から二人が店に行ったら、あんな状況で」

「へえ……」

「そもそもあの二人は、殺された美沙さんっていう人に会ったこともないって」

そんな話をしながらぼくらは外で飲んでいたんだけど、今度は立石の駅の方から救急車のサイレンが聞こえてきたんだ。

そこで、駅方面から歩いて来た酔っ払いのおじさんに、

「何かあったんすか?」

と慎之介が尋ねると、

「ああ」とおじさんは赤い顔で教えてくれた。「立石駅の地下通路でね、酔っ払った男が足を踏み外したらしくてね、階段落ちして、コンクリートの壁に頭を打ちつけちゃったんだってさ」

「その男は八丁堀か！」

「ぼくはここにいるじゃないかっ」

「それで、その人は？」

うん、とおじさんは答える。

「大怪我はしたみたいだけど、命に別状はなかったようでさ。でも酔っ払っちゃってるから、救急車に乗せようとしてるんだけど、嫌だって騒いで大変みたいだよ」

「酔っ払いは実に困ったもんれすね。それでそいつは、何と言って騒いでるんれすか？」

「いきなり後ろから突き落とされたってさ。嘘か本当か知らんけど」

えっ。ぼあ子さんと同じじゃないか。

「本当すか！」

「あと、何だか、トト子ちゃんトト子ちゃんって、おそ松くんみたいに、ずっと叫んでるらしいよ」

何だって！

それってもしかして――。

ぼくらは全員で顔を見合わせた。いや、海月ちゃんは「え？」っていう顔だったけど。俊夫くんに間違いない。

ぼくらは、お酒を取るため店の二階にはしごで上っていた美香さんに、挨拶もそこそこに仲見世通りを駅へと向かったんだ。

やはり怪我人は、佐藤俊夫くんだった。

おそらく俊夫くんは、仲見世辺りをフラフラしたあげく、改札へは向かわずに、イトーヨーカドーの前から地下通路を歩いて、再び「炙り」へ向かおうとしたんじゃないか、と救急隊員や警察関係者が言っていた。

ぼくらは、俊夫くんを乗せた救急車を呆然と見送りながら、駅前通りを歩いた。するとまたそこに、明照さんの姿が見えた。ゆっくりと、こちらに歩いて来てね。そこでぼくらは、駅の地下通路での俊夫くんの事故の話なんかをした。

「恐いですね」由佳さんが顔をしかめる。「本当に、幽霊でもいるのかしら」

「幽霊って?」

尋ねる明照さんに由佳さんは、鐵さんがしてくれた、四十年前の竹ノ塚松太郎さんと亀有鶴成さんの話をした。

「化けて出とるんかね」明照さんは苦笑する。「それで鶴成の霊が、悪さをしとると。しかし……それも仕方なかろうな。あれは可哀想な話だからのう」

でも、と由佳さんは言う。

「あれって、松太郎さんのせいではなかったんだと思いますよ」

「どういう意味じゃ？」

「きっと、落書きじゃないでしょうか」

「落書き？」

ええ、と由佳さんは頷く。

「松太郎さんと鶴成さんの争った際の言葉や雰囲気から、おそらく松太郎さんは、連絡先をきちんと書かれていたんだと思います」

「そら、どういうことでっしゃろ」

「これは、あくまでも私の推測なんですけど……松太郎さんは伝言板に『立石』と書かれた」

「えっ」

「そこに誰かがいたずら書きしてしまい『立呑』にしてしまった」

ああ。

つまりこういうことだね。

立呑み

「そして、もしかすると、時間もいじられていたかも」

「時間も？」

「たとえば『六時』の『亠』の部分だけ消されて『八時』になっていたとか。だから本当は、

『立石　六時』だったのが、

『立呑み八時』になってしまって、お二人の間にトラブルが起こったのではないでしょうか」

「そう……なのか」

「はい。きっと、そのお二人とも真面目で素直な方たちだったんでしょう。だから余

計に問題がこじれてしまった」

「本当にそう思うかね？」

ええ、と由佳さんは白百合のように微笑んだ。

「だって、立ち飲みが好きな人に、悪い人はいませんから」

「ああ……」

明照さんは、がっくりと肩を落とした。一体どうしたっていうんだろうね。竹ノ塚さんか亀有さんの親類縁者なんだろうか。

「わしは……」明照さんは顔を上げたんだけど、驚いたことに泣いてたんだよ。「長い間、ずっと誤解しておった。お嬢さん、ありがとう」

そう言って由佳さんの手を両手で固く握ると、立石の町に消えて行ったんだ。

「あの……。ちょっと、どこかでお茶をしませんか」

その後ろ姿を見送っていたぼくらに、由佳さんが言った。

「ふと、思いついたことがあるので、みなさんの意見も聞きたいんです」

「ああ、もちろんＯＫれすよ」慎之介は頷く。「じゃあ、そこの店に」

そこは「喫茶《きっさ》さつき」という、昭和っぽいレトロな店だった。入り口は、ステンドグラスのドアで、店の中に入ると古ぼけた大きなランプのような照明が、厚い木のテーブルを照らしてた。

ぼくらは四人掛けの席につくと、それぞれ飲み物なんかを注文する。ぼくはホットココアを、海月ちゃんは昆布茶とみつ豆を、そして由佳さんは生ビールを。凄く強いね。まだ飲めるらしい。

すると慎之介も調子に乗っちゃって、止めとけば良いのに「俺もビールをくらさい。生でね」などと注文した。

それぞれの飲み物が来て、今日七回目の乾杯をすると、

「それで、話ってのはなんれすか？」

トロリとした目で尋ねる慎之介に、頬を桜色に染めた由佳さんは「はい」と頷いた。それがまた、薄化粧なもんだからとても素敵でね。肌がほんのりと透き通るようだった。

「今回の事件に関してです」

「神社の殺人事件れすか。それとも、ぼあ子さんや俊夫さんの？」

「両方です。饗庭さんは、これらの事件をどう思いますか」

そうれすね、と慎之介はしゃっくりを一つして答える。

「もしも、ぼあ子さんと俊夫さんが、本当に誰かに突き飛ばされたとしたら、やはりあの、真っ白じいさんが怪しいと思いまふ。二回とも、俺たちの前から姿を消した後で、事件が起こってまふし」

「どうしてそんなことしなくちゃいけないのさ」

ぼくの質問に、慎之介はゆらりとこっちを見た。

「だから、もちろん目撃者を消そうとしたんらよ。殺人犯の常套手段」

「でも、全部犯人が別っていう可能性もあるよ。殺人事件と、ぼあ子さんと、俊夫くんと。それに、あの二人はただの事故だったのかも知れないし」

「バッカらねえ、八丁堀は。全部、同じ人間の仕業に決まってるらろうが」

「どうしてそんなことが言えるのさ」

「ミステリの事件っていうのは、そういうもんら」

「は？」

「犯人が二人も三人もいたら、わけが分からなくなっちゃうらないか。ただれさえ、わけの分からない話なんらから」

何を言ってるんだろうね。こいつの言語の方が、よっぽどわけが分からないよ。完璧に酔っ払っちゃっててさ。

ところが、由佳さんも言ったんだよ。

「私もそう思います」

「どうしてですか！　ミステリだから？」

「違います。おそらく全ての原因は、あの諏訪神社の事件なのではないでしょうか」

「筒井筒美沙と、向島渡の？」

ええ、と由佳さんは髪を揺らして頷いた。

「吾妻一馬さんと北千住南さんには、アリバイがありました。しかも、美沙さんには会ったこともないという。これはおそらく本当でしょう。もしも三人で関わっていたとしたら、もっとうまく事を運べたでしょうから」

まあね。だから渡が、しょっちゅう単独行動してたのかも知れない。

「でも私は、ぼあ子さんや俊夫さんの事故が、たまたま続いたとは思えないんです。不自然すぎますから。そう考えると、慎之介さんの言うように、渡を殺害した犯人が、全ての事件に関与している可能性が高い。つまり、状況はこうです」

由佳さんはビールを一口飲んで続ける。

「あの神社で美沙が渡に殺害された。そして渡は——今はその動機は不明ですが——優太くんが目撃したという人物に殺害されてしまった。但しこれは、その人物に本当に殺意があったのか、それとも事故だったのかということまで、今ここでは分かりません。しかし、とにかくその現場、あるいは前後の状況を目撃していた他の人間がいた。それが、山田ぼあ子さんや、佐藤俊夫さんだった」

「なるほろ。水も漏らさぬほろ完璧れすね！」

「でも――。ちょっと待ってください」ぼくは尋ねた。「ぼあ子さんは良いとしても、俊夫くんはちょうどその頃『炙り』から『ジバラ』へ向かっていたんでしょう。現場を目撃できたのかなあ」

「『W4』の近くを通ったかも知れません。でも、満員で入れなかった。さっき私たちが『宙』でそうだったように。それに、あの三人の名前を知っていたくらいですから、ひょっとすると他にも何か情報を握っていたかも」

「でもでも――。それなら、ぼあ子さんも俊夫さんも、ぼくらや警察に一言くらい喋るんじゃないですか？　どうして何も言わなかったんだろう」

「脅迫されていたかも知れないですね。また、ショックの余り悪酔いしてしまったのかも。とにかくあの二人は、尋常でなく酔っ払っていましたからね」

「なるほろ、なるほろ」

「じゃあ……やはり明照さんが犯人だと？」

いいえ、と由佳さんは首を横に振った。

「私は、南加史郎《なんかしろう》さん——優太くんのお父さんが深く関わっているのではないかと思っています」

「南加内科の！」

「ええ」

「どこからそんなことを？」

「優太くんの態度です。あの時優太くんは、犯行現場は見なかったけど、走り去って行った人物を見たと言いました。でも、実際に優太くんは、電信柱の陰に立ち竦んでいた。もしも殺人事件が起こっていることを知らずに、神社から走り出て来た人物を眺めていたのなら、あんなに怯えた表情にはならなかったでしょう。おそらく優太くんは、渡が死んだ現場を目撃していたのだと思います」

「そう言われれば……」

「そしてその人物は、優太くんが嘘の証言をせざるを得ない人だった。しかも、その人物は優太くんを脅す時間はなかったはず」

「自分の父親！」

はい、と由佳さんは頷く。

「だから彼は、自ら口を閉ざしたのだと思います。しかし、史郎さんに最初から殺意があったのかどうかは分かりません。純粋に事故だったのかも知れない。でもその後、神社から飛び出して来たのは、自分の父親だった。そこで優太くんは警察に、その人物が奥戸街道の方に走って行ったと証言した」

「自分たちの家と反対方向だ！」

「そういうことです」

「でも、動機は何れしょうね」

「そこまでは分かりませんけど……多分、三角関係とか」

「不倫とか？」

「ええ。その話をするために渡たちが史郎さんを呼び出した。だから渡は、吾妻さんや北千住さんより一足早く『Ｗ４』に向かったんでしょう。諏訪神社に行くために」

「なるほろ」

「そこで三人が、話し合った。時間的に考えて、おそらく史郎さんと美沙が先に行っていたんでしょうね。そこに後から渡がやって来てもめた」

「それを、ぼあ子さんが目撃してしまった？」

「はい」

「でもやっぱり、あのおばちゃんのことだから、目撃してたら何か言うんじゃないかなあ――」

とぼくが疑問を呈した時、海月ちゃんがいきなり、

「夜の木陰の口づけ」

なんて言った。

えっ。

いきなり口を開いたから驚いたんだけど、さらに言う。

「ぼあ子さんが『毘利軒』で言ってた」

「あっ」と由佳さんが手を打つ。「確かに言ってたわね。明照さんと、ソースの二度づけがどうのこうのという話になった時に」

そう言われればそうだ。

あれは単なるおばさんギャグじゃなくて、その前に見た光景を、そのまま口に出しちゃったのかも知れない。きっとぼあ子さんは、通りかかった神社の暗がりで、史郎さんと美沙がキスしているところを目撃したんだ。

「駅前での話では」由佳さんが続ける。「史郎さんは現在、奥様がいらっしゃらないということでしたから、不倫という言葉は当てはまらないでしょうが、そこに渡が絡

んでいると事件に発展します。美沙と渡が恋人同士だったとか」

「そうか」

「あと、優太くんは、史郎さんのズボンの太腿あたりや、ジャケットの裾の同じ場所をずっと握り締めていました。ひょっとすると服やズボンに、あの神社にいたという証拠が残っていたのかも知れません。あの場所にだけ生えている木の葉っぱや、鳥居にこすってしまった跡が」

「なるほろ、素晴らしいれす！」慎之介はいきなり、よろよろと立ち上がった。「さっそく、蜜柑山さんに報告して来まふ」

「おい。一人じゃ危ないよ。一緒に行こう」

「平気ら」

慎之介は胸を張ったんだけど、そのまま後ろに倒れそうになっちゃった。とても危なっかしくて見ていられなかったから、ぼくらも喫茶店を出て、全員で蜜柑山さんに報告に行ったんだ。

3

それで事件はどうなったのかというと、半分は由佳さんの言う通りだった。本当に、美しくて賢い女性だね。

やはり渡と美沙は、史郎ドクターを強請《ゆす》っていたんだ。ずいぶん前に、史郎さんが錦糸町のスナックで酔っ払っちゃった夜に、その勢いで美沙と関係を持ってしまった。しかもその後も、何度かデートしたらしい。でも結婚するつもりはなかったから、そろそろ手を切ろうとした。そこで美沙は、元カレの渡に脅迫話を持ちかけた。相手は、内科の開業医だからね。お金はたっぷりあると踏んだんだろう。

それで渡は、何度も脅迫しては、その帰りに立石の辺りを飲み歩いていたらしい。「立ち呑みの日」にも、どうせ立石に行くんだからといって、美沙にも声をかけて史郎さんを諏訪神社まで呼び出したのだという。

史郎さんは、もういいかげんにしろと美沙に告げたらしいんだけど、今度は美沙の方が本当に史郎さんを好きになっちゃってたらしい。そこで、諏訪神社の暗い境内で無理矢理にキスを迫った。それを、山田ぼあ子さんが見たんだね。

その後、渡が姿を現して口論になった。美沙も、むしろ史郎さん側についたようだ。でも渡にしてみれば、美沙から持ちかけられた話だったし、まだ史郎さんはお金を払うだろうと思っていたようで、ここで止められるかという雰囲気だったという。

そして二人が喧嘩になってしまった時点で、史郎さんは神社から逃げ出したんだそうだ。何しろ地元だからね。人目だって気になるだろうし、それこそ警察でも来たら大変だ。だから史郎さんは、二人の争いを最後まで見ていないって主張した。

でも、蜜柑山さんたちが言うには、美沙を絞殺したのは渡で間違いないってことだった。絞殺した時に首に残る、何とかっていう手の跡が渡と完全に一致したって言ってた。

だから、史郎さんの話を信じるならば、きっと渡はカッとなって思わず美沙の首を絞めてしまったものの、実際に美沙が死んでしまったために恐ろしくなって、あわててその場から逃げ出そうとして、何らかの拍子に鳥居に頭を打ちつけてしまったんだろうって結論になった。

一方、優太くんはその頃、神社の近くにいた。由佳さんが見つけた時だ。何となく史郎さんの態度がおかしかったんで、優太くんはこっそりと後をつけて来たらしい。でも、踏切でその姿を見失ってしまい、神社の辺りでウロウロしていて、史郎さんが境内から飛び出して来た姿を見たって言ってた。

その後、神社から二人の遺体が発見された。だから優太くんは、自分の父親がこの事件に関与しているに違いないと思ったために、蜜柑山さんたちには黙っていたんだろうね。

しかも――だ。

優太くんのお母さん――つまり史郎さんの奥さんの宵子《よいこ》さんとは、今別居中だ。

そこで、

〝お母さんは、帰って来るの？〟

と優太くんが訊くたびに、史郎さんは、

〝帰って来るよ〟

と答えていたらしい。そして二人は――、

〝どうしたら帰って来るの？〟

〝優太が嘘を吐かない、立派な子になったら帰って来るよ〟

〝本当？〟

〝本当だよ〟

〝じゃあぼく、絶対に嘘を吐かないからね！〟

〝ああ、そうだな〟

なんて約束してたんだってさ。

でもあの時、嘘を吐いちゃった。

優太くんにしてみれば、お母さんに帰って来て欲しいから嘘は吐きたくない。でも、本当のことを言ってしまうと、お父さんが警察に連れて行かれてしまうかも知れない。それで凄く悩んだんだけど、でも結局お父さんと離れたくなかったから、嘘を吐いちゃったんだ。だから、あんなに泣いてたんだね。

ずっと心の中で「お母さん、ごめんなさい」って言ってたらしいよ。それと、優太くんが史郎さんのズボンにすがりついていたのは、やっぱりあの神社の木の葉がついていたかららしい。それを必死に握り締めていたんだってさ。どうしても史郎さんを警察に渡したくなかったらしい。

そんな話をした時、史郎さんも優太くんを抱きしめて泣いてたって蜜柑山さんが言ってた。史郎さんも、凄く反省したっていうから、きっと良い父子になるだろう。そうしたら、本当に宵子さんも戻って来るかも知れないね。

それと、結局その時に優太くんが見た人物っていうのは、やはり史郎さんだったんじゃないかって話になった。神社からもう一人飛び出して来て、奥戸街道方面に向かって逃げて行ったというのはあり得ない、って話になったんだよ。

　というのも当日、ちょうどその時間に屋台の焼鳥屋さんがいてね。その時刻にそんな人間は見かけなかったって言ったんだ。その時に常連のお客さんもいたから、その人と一緒に証言した。

　優太くんの言う通り、誰かが奥戸街道を目指して走って行ったとしたら、その途中で文字通り幽霊のようにドロンと消えちゃったことになる。だからこれは、優太くんが咄嗟《とっさ》に吐いた嘘で、何となく取り消しづらかったんだろうということになった。

　ちなみに、ぼあ子さんと俊夫くんの件は、完全に史郎さんと無関係だった。何しろその時、史郎さんは優太くんと一緒に自宅の近くにある「リストランテ・リストラ」というお店で食事をしてたっていうからね。もちろん店の人も証言した。


　そういうわけで、由佳さんの推理は半分当たっていた。

　でも、由佳さんは素人の女性なんだからね。それだって、充分大したもんだよ。

　そうそう。由佳さんといえばあの日、みんなでぼくらの推理を蜜柑山さんに報告した後で、

「どうひまひょうか？　帰られるなら、途中までお送りしまふよ、姫」

なんて言う慎之介に向かって、由佳さんは丁寧に頭を下げた。

「ありがとう。でも、カレが迎えに来てくれているはずなので」

「へ？」

「ええと……。ああ、あそこにいました」

由佳さんが指差す方角を見ると、そこには格好良いスポーツカーが停まっていて、その中から長身イケメンの男性が降りてきた。そして由佳さんに向かって手を振ると、爽やかに微笑んだ。

「じゃあ、私はここで」由佳さんは髪をサラリと揺らして、ぼくらにお辞儀した。

「とっても楽しかったです。また『ちの利』でお会いできたら良いですね。今日は、ありがとう」

と言ってカレのもとに走って行き、二人を乗せた車は夜の町に消えて行った。

悲惨だったのは慎之介だ。口をあんぐりと開けたまま、啞然としてそれを見送っていたんだけど、一気に酔いが回ってしまったようで、足取りが完全に酔拳《すいけん》になってた。そこで、ぼくと海月ちゃんで傷心の慎之介を両脇から抱えて、立石の駅へと向かったんだ。

まさに鐵さんの言う通り「恋は儚い」ね。

でも……。

とにかくこれで事件は一段落した――と、誰もが思っていた。


そんなある日のことだった。

ぼくは、ちょっとした買い物があって、亀有の駅まで出た。用事をすませてホームに立ち、駅名が書かれている表示板を何気なく見上げた。無意識のうちに、鐡さんの話の亀有鶴成《かめありつるなし》さんのことを思い出したのかも知れない。

そこには「亀有」という漢字の下に、

「ＫＡＭＥＡＲＩ」

という英語表記があった。惜しいな、ってぼくは思ったんだ。もうちょっとで「雨上がり――ＡＭＥＡＧＡＲＩ」というアナグラムができたのにね。「Ｋ」が「ＧＡ」だったらさ。

なんてことを考えながら、電車を待っていたんだけど――。

いきなり頭を後ろから殴られたような気がした。

そしてその瞬間、閃いたんだよ。

いや……まさか……そんなバカな……。

ぼくは急に胸がドキドキして足が竦んでしまって、その場から一歩も動けなくなってしまった。でも、電車が到着してドアが開き、発車のベルが鳴った時にようやく我に返った。そこでホームを駆け降りて亀有の駅を飛び出し、駅前から発車寸前だった新小岩駅行きの京成バスに飛び乗った。そしてもう一度、立石に向かう。

どうしても確かめなくてはならないことができちゃったんだ！

それは——、
もしかしたら「西村明照」さんが、本当に「亀有鶴成」の亡霊だったんじゃないかってことだ。

ぼくはバスに揺られながら、ゆっくり考える。

もしも、明照さんが亀有さんの亡霊だったとすると話は簡単だ。何しろ、アリバイなんていらないんだからね。どこにでも姿を現すことができるし、諏訪神社から奥戸街道に向かう道で、ドロンと姿も消せる。そして、何食わぬ顔で「毘利軒」や「ジバラ」で酒を飲める。おそらく優太くんは、あの時本当に史郎さん以外の人影を見たんだろう。それが明照さんだった。

ということは、渡の頭を鳥居に打ちつけたのは明照さんだったんだろうか。多分、そうだ。その理由も何となく想像できる。

それは、神聖な神社の境内で美沙の首を絞めて殺したからだ。しかも美沙は、史郎さんへの脅迫を止めようと言っていた。改心した。その女性を殺したことが許せなかったに違いない。亀有さんは、筋金入りの酒飲みであると同時に、正義感も強い男性だったという。だから、渡に罰を下したんだ。

酒飲みと正義感といえば、山田ぼあ子さんも、佐藤俊夫くんもそうだ。ぼあ子さんは、悪酔いして人に絡んでた。しかも、長《なが》っ尻《ちり》で嫌がられた。一方、俊夫くんも、へべれけになるまで飲んで「ジバラ」で寝てしまって、みんなに迷惑をかけた上に、なかなか家に帰ろうとしなかった。

そして二人とも、松太郎さんのように頭を打ちつけて大怪我をしてしまった。あの二人の態度も、亀有さんは許せなかったんだよ。

ぼくは立石でバスを降りて、仲見世通りに向かった。

この立石も「TATEISHI」という文字を並べ替えると、あと一文字入れ替わっていれば「手と足――TETOASHI」のアナグラムになる。

つまりそういうことなんだ。

「亀有鶴成――KAMEARI・TURUNASI」はそのまま、

「西村明照――NISIMURA・AKATERU」になる。


これは、全くの偶然なんだろうか？

あの時「毘利軒」でぼくらに向かって、

「幽霊って、意外と我々の身近にいるんじゃないですかねえ」

と言ったのも、立ち飲みにもルールがあるって話をしたのも、そして由佳さんが四十年前の小岩駅の伝言板の謎を解いた時に「長い間、ずっと誤解しておった」って言って泣いたのも……全部、偶然の出来事だったんだろうか。

ぼくは仲見世通りを抜けると、右に曲がって諏訪神社に向かう。

確認したかったのは、ぼくが見たもう一人の怪しいおじいさんだ。

明照さんは、あのおじいさんのことを「もともと土地の人間」って言ってたけど、実は昔からこの土地に住んでる神様なんじゃないか。何の神様かって言ったら、もちろん氏神《うじがみ》様――道祖神《どうそじん》だよ。だって、これも明照さんが言ってた。

「うるさい野上《のがみ》」――「うる塞《さえ》の神」ってさ。塞の神っていったら道祖神で、「大きな鼻、赤い目」の神の、猿田彦命《さるたひこのみこと》だ。明照さんも「サルタ」って呼んでたしね。

きっと、この土地の神様が、明照さんを抑えたんじゃないか。これ以上、殺人をさせないように、ぼあ子さんや俊夫くんの命だけは救ってくれたんだと思う。

慎之介の言うように、こんな展開はミステリの世界じゃあり得ない。

しかしここは、ミステリの世界じゃない。

現実だ。現実世界ならば、充分にあり得る！

ぼくは足早に、立石諏訪神社の鳥居をくぐった。

昼間だから「Ｗ４」も閉まっているし、人通りも少なく、辺りはしんとしてる。ぼくはまず本殿にお参りすると、実はあの日からずっと気になっていた、本殿脇の小さな祠《ほこら》を覗いたんだ。

「猿田彦命だ！」

思わず声を上げてしまった。そこにはやっぱり、道祖神で塞の神の猿田彦命が、ひっそりと祀られていた。ぼくは震える手でお賽銭《さいせん》をあげると、両手を合わせてしっかり拝んだ。すると、石に刻まれた古い神様の顔が、ニッコリ微笑んだ……気がした。

いつかきみが立石に行くことがあったら、ぜひ立石諏訪神社に立ち寄って、猿田彦命にお参りして欲しい。心からそう思ってる。

4

まあ、こんな風にしてぼくらの日常は過ぎていってる。

慎之介は相変わらず真っ黒な服装で、構内を闊歩《かっぽ》しているし、古都里ちゃんはいつも通りに、誰かを「ぶっとば」したり「吊」したりしてる。いや、もちろん言葉だけだ。そして海月ちゃんは「え？」を無限回繰り返してる。

すべて世はこともなし、だ。

でも実際の話、こうやって浪人生から大学生になって、生活自体はもちろん物凄く変化した。朝から夜までビリヤードをしていても後ろめたくないし、夜から朝までお酒を飲んでいても文句を言われることもないし、何といっても胸を締めつけられるような黄昏時《たそがれどき》を迎えなくとも良くなった。

浪人時代は、ビルの向こうに沈んで行く夕陽を眺めるたびに、無為に過ごしてしまった一日が、胸にずしりと重く応えたからね。体に悪かった。そもそも、大学に入るためだけに、貴重な青春の一時期を費やしてしまうこと自体が、余り生産的な行為とは思えなかったしさ。そして、こうやって大学生になったわけだけど――。

じゃあ今は、そんな浪人時代の無為に過ごした日々から完全に解き放たれたのかって聞かれると……本音を言えば、まだ良く分からないんだよ。

事実、とっても自由な時間を謳歌《おうか》しているし、間違いなく浪人時代よりも数倍、幸せな環境にいる。でも、何となく朝まで飲んじゃって、みんなと別れて一人でヨロヨロと家路をたどっている時や、七人くらいから代返を頼まれちゃってわざと違う声色《こわいろ》を使って返事をしている時や、逆にどうして講義をこんなに休んでしまったのかという言い訳だらけのレポートを教授宛に延々と書いている時なんか、ぼくの人生は果たしてこれで良いのかって思ってしまったりする。

不思議なことだね。

そうだ。不思議っていえば、国際江戸川大学七不思議——通称「江戸七」に関しては、今まで言った他にも、図書館の怪だとか、実験室の怪だとか、テニスコートの怪だとか色々とあるんだけど、でもこれらはまた、何かの機会に話すことにするよ。長くなっちゃうからね。

そして、不思議ついでにもう一つ、ここだけでこっそり言ってしまうけど、実はぼくにも、ついに彼女らしき女性が現れたんだ。同じ大江戸研究学科の、とっても可愛らしい女の子でね。彼女の名前は桜田花流水《さくらだはるみ》ちゃんっていうんだ。

もちろん、慎之介たちには内緒だ。

まだ一回しかデートしたことはないし、それだってどこへ行ったら良いのか分からなかったから、浅草の「花やしき」に行った。あそこのジェットコースターやお化け屋敷は異常に恐いから、絶対に慎之介もいないと確信したしね。だって、ぼくが女の子と二人だけで歩いていたら、奴は何を言い出すか分かったもんじゃない。だから、こっそり出かけたんだ。

でも、あいにくその日は、途中から大雨になっちゃってさ。本当は、仲見世や浅草寺や、もしも時間があったら鐵観音《てつかんのん》さんがいるっていう大草寺《おおそうじ》まで行ってみたかったんだけど、大きなバケツをひっくり返したような雨でね。結局、二人で葛切《くずき》りを食べて帰って来ちゃった。それでも花流水ちゃんは喜んでくれたようで、また一緒にどこかに行こうって約束してる。二人でお酒でも飲みに行かれたら、最高だね。

そうだ。今度は立石にでも行ってみようかな。こんな事件があったんだよなんて話題を持ち出せば、きっと最後まで退屈しないですむだろうしね。

そんなわけで、ぼくもちょっと公私ともに忙しくなっちゃったから、またいつかどこかで会える日まで、少し報告はお休みするつもりだ。でもその時はまた、色々な話ができると思うんだ。

追伸

そういえば、由佳さんの親戚で「立ち呑みの日」を発案した人から、早くも次回の案内状が届いた。ぼくも気が向いたら参加しようと思ってる。また、素敵な由佳さんに敬意を表する意味でも、ここに紹介しておこう。

「みなさんは『立ち呑み』という言葉を聞いて、何を思い浮かべますか？　快適さを犠牲にして、安さだけを追求した空間だと思われる方もいらっしゃるでしょうが、それは誤解ですよ！　今や立ち飲みは、和・洋・中と様々な料理が手軽に楽しめる、とっても美味しい空間なのです。

また、イスに座るとどうしても、店に気を遣って注文数が気になりますよね。会話も、限られた範囲でしか成立しません。ところがその点、立ち飲みは気楽です。おおらかに飲み食いし、三百六十度周りの方々との会話も、自在に楽しめます。こうしたパッケージに惹かれ、今や若者から会社帰りの社会人まで、様々な客層で賑わいを見せているのです。

是非あなたも、その魅力に接してみませんか？」

——ということらしい。

ちなみにその発案者のプロフィールは、

「居酒屋ライター・藤原法仁《ふじわらのりひと》

昭和三十八年（一九六三）東京都葛飾区生まれ。雑誌の居酒屋特集などのブレーンを務める他、有名ブログ『居酒屋礼賛』の浜田《はまだ》信郎《しんろう》氏と共同で『立ち飲みの日』を定め、日本記念日協会の認定を受ける。また、東京書籍より『東京駅近居酒屋名店探訪』（共著）他を上梓」

——だってさ。

世の中には、本当に変わった人がいるもんだ。

でもぼくも、立ち飲みは嫌いじゃないしね。明照さんが言っていたように「膝がカックンとしたら帰る」っていうシステムも素晴らしいと思う。他人に迷惑をかけない、というのが由緒正しい酒飲みの基本だからね。

じゃあまた、どこかの居酒屋さんで会えるかも知れないね。その時を心から楽しみにしてる。本当だよ。

解説風あとがき

高田崇史

この作品の解説に関して文庫担当編集者から、

「今回は、ご自分でお願いします」

とあっさり言われたので、自ら解説風あとがきを書くことになってしまった。

確かにこの作品に関しての解説は書きにくい。

ぼくも作者でなかったら、間違いなく引き受けていないだろう。というより、ぼく自身も固辞したのだが、結局こういう局面になってしまったので、その運命にこうして素直に従っているというわけである。

初出を確認すると、もう十年も前の作品だったことにまず驚いた。

それがどうして今になって文庫化されたのか。謎である。まさに、化けて出たのだとしか思えない。

そんなこの本を今改めて読み返してみると、十年前の自分は、こんなことを考えながら生きていたのかと感慨もひとしおだが、あの頃の世相はどうだったか……などという思い出に浸っている場合でもないので、淡々と次に進む。

本作は、「千葉千波シリーズ」ではあるものの、これまでの一連の作品とは異なり「事件日記」ではなく「怪奇日記」となっている。

何故かという理由については、本文をお読みいただけると一目瞭然なのだが、ここで一番言いたかったことは、科学で証明できるものは、あくまでも「科学で証明できる」ものであり、「科学で証明できない」ものは、所詮科学では証明できないという事実だ。そういった、ごく当たり前の現実の上に我々の生活は成り立っていて、果たして幽霊が本当にいるのか、霊魂がその辺りをふわふわと浮遊しているのかなどということは、全く「科学的に」証明不可能な事象であり、詰まるところ不可知論に陥る。そうなると、その実在は証明できてもできなくても、もうどちらでも良いじゃないかという話になる。

実を言えばこの短編集は、そういう種類の非常に高次元な命題を扱っているミステリなのである、というのは嘘であるが、そんなことは嘘だろうが真実だろうが、もうどちらでも良いという気持ちになっていただけたろうか。

ということで、個別に簡単なエピソードなどを。


「美術室の怪・油絵が笑う」

これはぼくが、某街を歩いていた時、某アトリエに飾られていた絵を見て、実際にそう感じた話がもとになっている。一体、あの感覚は何だったんだろうかと、十年経った今も不思議なのだが、そこにはきっとこの作品のようなドラマが隠されてはいなかったことを心から祈っている。


「体育館の怪・首が転がる」

古代文字などには色々な種類があるし、さまざまな意見があるようだ。でも、可愛らしい形態に思わず魅了されてしまう。

また実際に「天草ローマ字」なる物もあり、それに関して「何故、天草四郎は四男ではないのに『四郎』なのか」という謎に挑戦した「カンナ」シリーズの拙著があるので、ご興味のある方はそちらもぜひ読んでいただきたい。

なお、ぴいくんをゾッとさせた、あの落書きのような文字を「豊国文字」で解読すると「いろは歌」の一番下の文字となるということを、蛇足《だそく》を充分承知でつけ加えさせていただく。

「音楽室の怪・靴が鳴る」

童謡に関しては、他の著作でも色々と書いた。「赤い靴」や「シャボン玉」の有名な背景などなど。そして何といっても謎が深いのは「かごめかごめ」だが、この歌に関しては、「ＱＥＤ」や「神の時空」などでかなり真面目に考察を入れているので、こちらもご興味のある方は目を通していただきたいと再び宣伝させていただく。

「学食の怪・箸が転ぶ」

若い頃は本当に「箸が転んでもおかしい年頃」であり、それはセロトニンの分泌量によることが判明している。しかし年を取ると共に、その分泌量が減少し始め、ついにはセロトニンを分泌させるために酒の力を借りなくてはならなくなる。かといって、余り借りすぎてしまうと、翌日、その副反応で更に分泌量が減って鬱《うつ》になってしまうため、それを回復させるのに、また酒の力を借りるという悪循環、負のスパイラルに陥ってしまうことになる。この悪魔の連鎖をどこで断ち切るかという点が非常に重要な課題となるのだが、うまく行かないと、この本の次作のようになってしまう。

「特別編・立って飲む――『立ち呑みの日』殺人事件――」

先にも書いたように、もう十年という年月を経ているので、現地の店が大きく様変わりしているかも知れない。本文中で俊夫くんが言ったように、まさに「光陰矢の如し」「烏兎《うと》匆々《そうそう》」である。しかし、立石には実際に何度も足を運んだので、当時の様子をかなり正確に描写しているはずだ。昔をご存知の方は、懐かしく思い出していただければ幸いである。といっても、足を運ぶ度に記憶が曖昧になって家に帰ったという瑕疵《かし》があることも認めざるを得ない。

今現在「立ち呑みの日」はどうなっているのか知るよしもないが、何となく続いていたら良いなと願っている。しかし同時に、全ての良い思い出は、酎ハイの泡のように淡いものなのではないかとつくづく感じてもいる。

さて。これで全作品の解説(らしきもの)は終了したのだけれど、最後のオマケとして――。

ここに登場したぴいくんと、やがて結婚するかも知れない彼女が、結婚後にどんな名前になるのかなどと考えていただくと、読者の方々には、更に楽しんでいただけるのではないかと思っている。

ではまた、いずれどこかでお目にかかれることを心から祈りつつ。本当だよ。

初出

「美術室の怪　油絵が笑う」（「モディリアーニが笑う」改題）……メフィスト２００８年１月号
「体育館の怪　首が転がる」……メフィスト２００８年５月号
「音楽室の怪　靴が鳴る」……メフィスト２００８年９月号
「学食の怪　箸が転ぶ」……メフィスト２００９年ｖｏｌ．１
「立って飲む――『立ち呑みの日』殺人事件――」……書き下ろし

『神の時空　嚴島の烈風』
『神の時空　伏見稲荷の轟雷』
『神の時空　五色不動の猛火』
『神の時空　京の天命』
『神の時空　前紀　女神の功罪』
『毒草師　白蛇の洗礼』
『QED ～flumen～　月夜見』
『QED ～ortus～　白山の頻闇』
（以上、講談社ノベルス）
『毒草師　パンドラの鳥籠』
（以上、朝日新聞出版）
『七夕の雨闇　毒草師』
（以上、新潮社）

《高田崇史著作リスト》

『QED　百人一首の呪《しゅ》』
『QED　六歌仙の暗号』
『QED　ベイカー街の問題』
『QED　東照宮の怨《えん》』
『QED　式の密室』
『QED　竹取伝説』
『QED　龍馬暗殺』
『QED ～ventus～　鎌倉の闇《くらやみ》』
『QED　鬼の城伝説』
『QED ～ventus～　熊野の残照』
『QED　神器封殺』
『QED ～ventus～　御霊将門』
『QED　河童伝説』
『QED ～flumen～　九段坂の春』
『QED　諏訪の神霊』
『QED　出雲神伝説』
『QED　伊勢の曙光』
『QED ～flumen～　ホームズの真実』
『毒草師　QED Another Story』
『試験に出るパズル』
『試験に敗けない密室』
『試験に出ないパズル』
『パズル自由自在』
『千葉千波の怪奇日記　化けて出る』
『麿の酩酊事件簿　花に舞』
『麿の酩酊事件簿　月に酔』
『クリスマス緊急指令』
『カンナ　飛鳥の光臨』
『カンナ　天草の神兵』
『カンナ　吉野の暗闘』
『カンナ　奥州の覇者』
『カンナ　戸隠の殺皆』
『カンナ　鎌倉の血陣』
『カンナ　天満の葬列』
『カンナ　出雲の顕在』
『カンナ　京都の霊前』
『鬼神伝　龍の巻』
『神の時空　鎌倉の地龍』
『神の時空　倭の水霊』
『神の時空　貴船の沢鬼』
『神の時空　三輪の山祇』
（以上、講談社ノベルス、講談社文庫）
『鬼神伝　鬼の巻』
『鬼神伝　神の巻』
（以上、講談社ミステリーランド、講談社文庫）
『軍神の血脈　楠木正成秘伝』
（以上、講談社単行本、講談社文庫）

●この作品は、二〇一一年十一月に、講談社ノベルスとして刊行されたものです。

|著者| 高田崇史　昭和33年東京都生まれ。明治薬科大学卒業。『QED 百人一首の呪』で、第9回メフィスト賞を受賞しデビュー。

千葉千波《ちばちなみ》の怪奇日記《かいきにつき》　化《ば》けて出《で》る
高田崇史《たかだたかふみ》

2018年7月13日第1刷発行

講談社文庫
定価はカバーに表示してあります

発行者――渡瀬昌彦
発行所――株式会社　講談社
東京都文京区音羽2-12-21　〒112-8001
電話　出版（03）5395-3510
　　　販売（03）5395-5817
　　　業務（03）5395-3615
Printed in Japan

デザイン―菊地信義
本文データ制作―講談社デジタル製作
印刷――豊国印刷株式会社
製本――株式会社国宝社

ISBN978-4-06-512070-5

講談社文庫刊行の辞

二十一世紀の到来を目睫に望みながら、われわれはいま、人類史上かつて例を見ない巨大な転換期をむかえようとしている。

世界も、日本も、激動の予兆に対する期待とおののきを内に蔵して、未知の時代に歩み入ろうとしている。このときにあたり、創業の人野間清治の「ナショナル・エデュケイター」への志を現代に甦らせようと意図して、われわれはここに古今の文芸作品はいうまでもなく、ひろく人文・社会・自然の諸科学から東西の名著を網羅する、新しい綜合文庫の発刊を決意した。

激動の転換期はまた断絶の時代である。われわれは戦後二十五年間の出版文化のありかたへの深い反省をこめて、この断絶の時代にあえて人間的な持続を求めようとする。いたずらに浮薄な商業主義のあだ花を追い求めることなく、長期にわたって良書に生命をあたえようとつとめるところにしか、今後の出版文化の真の繁栄はあり得ないと信じるからである。

同時にわれわれはこの綜合文庫の刊行を通じて、人文・社会・自然の諸科学が、結局人間の学にほかならないことを立証しようと願っている。かつて知識とは、「汝自身を知る」ことにつきていた。現代社会の瑣末な情報の氾濫のなかから、力強い知識の源泉を掘り起し、技術文明のただなかに、生きた人間の姿を復活させること。それこそわれわれの切なる希求である。

われわれは権威に盲従せず、俗流に媚びることなく、渾然一体となって日本の「草の根」をかたちづくる若く新しい世代の人々に、心をこめてこの新しい綜合文庫をおくり届けたい。それは知識の泉であるとともに感受性のふるさとであり、もっとも有機的に組織され、社会に開かれた万人のための大学をめざしている。大方の支援と協力を衷心より切望してやまない。

一九七一年七月

野間省一